必

剣

剣客相談人9

森　詠

時代小説

二見時代小説文庫

名探　十文字院　恋する人の巣

目次

第一話　辻斬り　7
第二話　十文字剣法　77
第三話　消された里　150
第四話　陰謀　220
第五話　満月の決闘　280

必殺、十文字剣——剣客相談人9

第一話　辻斬り

一

天空に大きな満月が輝いていた。青白い月の光が江戸の街を銀世界に変えている。

晩夏の夜。

まだ仲秋《ちゅうしゅう》の名月ではない。だが、月の光は見る者の心にさざ波を立てる。

幕府寺社奉行配下の吟味物調役《ぎんみものしらべやく》、君島勲之介《きみしまくんのすけ》は船着き場で猪牙舟《ちょきぶね》を降りると、お供の中間《ちゅうげん》の心配をよそに、自分の力でゆっくりと岸に上がった。

君島は、いつになく上機嫌だった。微酔《ほろよ》い加減で、月明かりに照らされた武家屋敷の間の通り道をよろめき歩く。

お供の中間が一応ぶら提灯《ちょうちん》を下げてはいたが、月の光が明るいので、提灯は足許を照らす役目を果たしていなかった。

君島は一人ほくそ笑んだ。

これだから役人はやめられない。

懐にはずっしりと重い切餅《きりもち》が二個ある。しめて五十両。

深川《ふかがわ》の料亭で妓楼の楼主たちから、とびきり美形の芸妓をあてがわれた上に、酒食の接待を受けた。

そして、帰りに山吹色の「茶菓子」をお土産として渡された。

自然に顔の頬が緩む。

悪くない。

年に二回、岡場所視察と称して、寺社領に建てられた妓楼を訪ねるといえば、楼主たちが下にも置かぬ接待をしてくれるのだ。

寺社領に建てられた妓楼は、寺社奉行の管轄下にあり、町奉行の役人や捕り手たちは手を出せない。

彼らに代わって取り締まるのが、吟味物調役である。

昔、惨めな地方廻りをしていたころと比べれば、いまは極楽にいるようなものだ。

「旦那様！」

供の中間が急に足を止め、小声でいった。

「う？　なんだ？」

君島勲之介は中間に訊くまでもなく、異変に気付いた。

通りの真ん中に上から下まで白装束の侍が立ちふさがっていた。

白頭巾の侍は両手を拡げて、行く手を阻《はば》んだ。女のように華奢《きゃしゃ》な体付きをしている。

白装束の侍の背後に、背を丸めた小さな黒装束の人影が蹲《うずくま》っていた。

「おぬしは寺社奉行方吟味物調役の君島勲之介殿でござろう？」

低い男の声が問うた。

「だったら、いかがいたす？」

「……悔い改めよ」

「なにい？」

「悔い改めねば天罰が下りよう」

白頭巾はすらりと腰の刀を抜いた。白刃《はくじん》が月光を浴び、冷たく光った。

「……おぬし、辻斬りだな？　拙者を斬るというのか。しゃらくさい」

君島は嘲《せせ》ら笑い、腰の刀の柄《つか》に手をかけ、鯉口《こいぐち》を切った。

「拙者、神道無念流《しんとうむねんりゅう》皆伝《かいでん》。おぬしに斬れるかな」

多少酔ってはいても腕には自信がある。

君島は草履《ぞうり》を脱ぎ捨てた。刀を抜いて、青眼《せいがん》に構えた。間合い三間。

「………」

白頭巾は左八相《はっそう》にゆっくりと刀を構えた。

背後にいた黒装束姿の人影もゆっくりと立ち上がった。

「旦那様、あっしも加勢いたしやす。黒頭巾の方はあっしが……」

中間は、ぶら提灯を放り出し、脇差しを抜いた。中間も腕自慢の様子だった。勲之介は怒鳴った。

「鉄吉《てつきち》、下がっておれ。辻斬りの一人や二人、それがし一人で十分だ」

「へ、へい」

鉄吉と呼ばれた中間は、勲之介の後ろに控えた。

低い声が呪文のような文言《もんごん》を唱えた。

「……悪をなすものの故をもて心をなやめ　不義をおこなふ者にむかひて嫉《ねた》みをおこすなかれ　かれらはやがて草のごとくかりとられ青菜のごとく打萎《うちしお》るべきなればなり」

勲之介と供の中間には呪文のようにも、厳《おごそ》かなお告げのようにも聞こえた。

「……全能の神にたのみて善をおこなへ」

白頭巾は左八相に構えた刀をゆっくりと下ろし、刃を返して右八相に構えた。

「……あしきものは久しからずしてうせん」

君島は青眼に構えたまま、白頭巾の動きを窺い、隙を狙った。

月光に照らされた白頭巾の動きは滑らかで、太刀は微動もせず、まったく隙がない。

白頭巾はじりじりと歩を進め、間合いを詰めはじめた。

こやつ、出来る、と君島は内心ひやりとした。いっぺんに酔いが醒めた。

君島は詰まる間合いに気圧《けお》されながらも我慢して踏みとどまった。

間合い二間。

君島は白頭巾の動きを測った。

一跳びすれば、すぐに斬り間になる。

斬り間に入ったら、相手は即斬り込んで来るだろう。

呪文のような説教は続いた。

「……主《しゅ》はあしきものを笑ひたまはん……」

「うるさい、黙れ」

君島は思わず白頭巾に怒鳴った。白頭巾は覆面の下で含み笑いをした。

「……悔い改めよ」

「黙れ黙れ」

白頭巾は右八相に構えた刀を徐々に大上段に振りかざした。

「……あしきものは剣《つるぎ》をぬき弓をはりて苦しむものと貧しきものとをたふし 行《おこなひ》なほきもを殺さんとせり」

白頭巾は大上段に振りかざした刀を真直ぐ縦一文字に下ろして行く。

君島は無意識のうちに、じりじりと足を進めた。

「されどその剣はおのが胸をさしその弓はをられるべし……」

白頭巾の構えが相青眼《あい》になり、刀の切っ先が下ろされた。その動きは少しも止まらず、流れるように動き続ける。ついで白頭巾の刀の刃先は月光をきらめかせながら、左中段に移動し、くるりと刃を返し、ぴたりと停止した。

君島は左足を滑らせ、徐々に間合いを詰める。

左中段に止まった白頭巾の刀は、今度はゆっくりと水平に右へ移動して行く。

その刃先が右端に移っていく途中、君島は白頭巾の刃に吸い込まれるように斬り間に足を踏み入れた。

「………………！」

君島は踏み入れるとともに、刀を振り上げ、気合いもろとも真っ向うから白頭巾に振り下ろした。

白頭巾はするりと体《たい》を躱《かわ》した。君島の刀は空《くう》を斬って流れた。

白頭巾の白刃が月の光を浴びて一閃《いっせん》した。

はっとして体勢を立て直す間もなく、君島は白頭巾の刀が真っ向うから自分に振り降ろされるのが見えた。

一瞬の間なのに、君島には刃先が、ひどくゆっくりと顔面を襲って来るのを感じた。

刃は君島の軀《からだ》を真っ二つに切り裂いた。君島はその場にどうっと倒れた。

君島の懐から金子《きんす》が音を立てて転がり落ちた。

「……神ののろひたまふ人は断滅《たちほろぼ》さるべし」

白頭巾は残心《ざんしん》の構えに入った。

「だ、旦那様」

鉄吉はすっかり戦意を失っていた。構えた脇差しがぶるぶると震えた。

白頭巾がぐいっと鉄吉に向きを変えると、鉄吉は腰を抜かして、地べたに座り込んだ。

「汝も悔い改めよ」

白頭巾は懐紙で刀を拭い、鞘に納めた。その間に、後ろから現れた黒い人影が君島に歩み寄り、地べたに転がり出た金子を拾い上げた。

「これはお布施《ふせ》として頂いておく」

黒い影は鉄吉にいい、金子を懐にねじ込んだ。

白頭巾と黒装束は鉄吉には一顧もせず、脇を通り過ぎ、掘割の方へ歩み出した。

「だ、旦那様、しっかりしてくだせえ」

鉄吉は脇差しを放り出して、倒れた君島ににじり寄った。抱え起こしたが、すでに君島は絶命していた。

二

夏の陽が大川の川面をじりじりと照らし上げていた。

川面がぎらぎら輝き、水も温《ぬる》んでいる。

若月丹波守清胤《わかつきたんばのかみきよつぐ》改め、長屋の殿様こと大館文史郎《おおだてぶんしろう》は、大川端のいつもの柳の木の下の丸太に腰を下ろし、釣り糸を垂れていた。

木陰にいるとはいえ、葉と葉の間から射し込む木漏れ日が刺すように熱い。

手拭いを頭に被って日除けにしているものの、周りから押し寄せる暑さを避けることはできそうになかった。

息苦しいほど蒸し暑いが、長屋に籠もっているよりは、はるかにましだった。

海からの南風は熱風だったが、上流から川を渡って吹き寄せる川風は涼しくて快い。

文史郎は川面に浮き沈みしている浮きを見ながら、のんびりと刻《とき》が過ぎるのを待ち受けていた。

爺《じい》こと左衛門《さえもん》は、朝から口入れ屋に出掛けたまま戻って来ないし、髯の大門甚兵衛《だいもんじんべえ》は例によって弥生《やよい》の大瀧《おおたき》道場へ稽古に出掛けたまま、これまた帰って来ない。

大門は門弟たちの指導を口実に大瀧道場へ通っているが、おそらく弥生に気があるからに違いない。

女道場主の弥生は、いま江戸一番の美女剣士としての評判が広がり、弥生の姿一目見たさに、大勢の野次馬が道場へ押し掛けている。

あいかわらず道場への入門者があとを断たず、毎日のように弟子入りの申し込みがある。

師範代や高弟たちが初心者の指導にあたっているが、とても大勢の入門者の相手をすることはできず、相談の仕事がないときには大門だけでなく、文史郎や爺までも駆り出された。

夏の暑さを迎え、ようやく弥生の人気も下火になり、最近でこそ、文史郎や爺が行かなくても済むようになったが、あいかわらず、大門だけは毎日のように道場へ通《かよ》っていた。

近くの岸辺に陣取っていた常連の釣り師がのっそりと立ち上がった。釣り具を片付けはじめた。

「殿さん、あっしは場所を変えます。今日は、ここはだめだ。これまで一尾も釣果《ちょうか》なしですんで」

「そうかい」

「殿さんの方は、どうですかい？」

「どうやら、この辺の魚は、どこかへ遠出をしておるようだな」

釣り師はにやにや笑った。

「じゃあ、あっしはあっちへ移りやす」

文史郎は釣り師が腰を低めて場所を移るのを眺めていた。

釣り師は魚の釣れる場所を求めて落ち着かなく動き回る。それも釣りの楽しみではあるが、文史郎はただ水辺に座り、釣り糸を垂れるだけで満足だった。

滔々《とうとう》と流れる川は止まることなく、永遠に流れ続ける。世の甘いも酸っぱいもすべて川は水に流していく。

誰も川の流れを止めることはできない。

浮きは糸に繋がれ、川の流れに抗して漂い、浮き沈みをしている。

文史郎はそうした川の流れを見ているだけで人生のあれこれを考え、少しも退屈しなかった。

人生、いいときもあれば、悪いときもある。それに一喜一憂していてはやっていけない。楽しまねば。一度しかない人生なのだから。

「やはり、殿様はこちらにおられたですか？」

背後に人の気配がしたと思ったら、南町奉行所定廻《じようまわ》り同心小島啓伍《こじまけいご》だった。

「おう、小島か、どうしたい、昼間から浮かぬ顔をして」

「どうもこうもありません」

小島は川辺にしゃがみ込み、川に浸した魚籠《びく》を覗き込んだ。釣果なしの様子に頭を振った。

「相談人の殿様に、ぜひとも、お願いしたい相談事がありましてね。捜していたんです」

「ほほう、相談事ねえ。いったい、なんだというんだい」

小島は腰から刀を鞘ごと抜き、草地に腰を下ろした。

さすがに暑いせいか、いつもは着流しの上に羽織っている黒い羽織を着ていなかった。

「最近、妙な辻斬りが武家屋敷の路地や通りに出没しておりましてね。武家地なので、我々町奉行所の管轄ではないのですが、辻斬りが町地に潜んでいる怖れがあるので、我々も調べるようにいわれているんです」

「その妙なというのは、どういうことなのかな」

文史郎は浮きを引き寄せ、釣り針を引き上げた。案の定、餌のみみずは消えていた。道理で魚がかからぬはずだ。

文史郎は餌箱からみみずを一匹取り出し、釣り針に掛けた。

「その辻斬りというのが、上から下まで白装束の白頭巾の侍なんで。それも女のように華奢な体付きをしているんですが、ともかく滅法《めっぽう》強い。先日も神道無念流皆伝の腕前の侍が斬られ、所持していた金子五十両を奪われたんです」

「ほほう」

「しかも、悔い改めよって迫るらしいんです」

「ほう、説教辻斬りか。何を悔い改めろというんだい？」

「それが、分からないんです」

「分からない？　たとえば、誰それを殺《あや》めたであろう、とか、不当な賄賂をもらっただろうとか、理由を挙げて、反省させるのではないのかい」

「何かいっているらしいんですが、呪文が祝詞《のりと》を唱えているようで、意味がよく分からないんだそうです」

「ううむ、呪文か祝詞ねえ」

餌が付いた釣り針を川へ投げ入れた。

川面の小さな波紋が拡がっていく。

「ともかく説教のような文言《もんごん》をぶつぶついいながら、剣を振るうらしいんです」

「その祝詞というか、説教のような文言というのは、どんな内容なのだ？」

「お供の中間や小者の話だと、どうも論語とか、朱子学とかいった類《たぐい》の文言のようだそうです。何かの格言とか、警句のようにも聞こえるらしい」

「はてさて説教しながら辻斬りをするというのは酔狂《すいきょう》な。確かに妙な辻斬りだのう」

文史郎は浮きを睨んだ。

小島は困った顔でいった。

「ともあれ、何か悔い改めねば、天罰が下ると。そういいながら人を斬るんです」

「つまり、天誅《てんちゅう》というわけだな」

「そうなんです」

小島はうなずいた。

文史郎の浮きにぴくぴくと魚信《あたり》があった。魚が餌を深く飲み込んだところを狙って竿を引き上げた。

惜しい。引き上げた釣り針には、みみずの姿はなかった。

文史郎はまた釣り糸を引き寄せ、釣り針に新しいみみずを付けた。引きがあったあたりの水面に釣り針を放り込んだ。

「それから、妙なことがもう一つあるんです。斬られた被害者を検分すると、斬り傷に共通する特徴があるんです」

「どんな？」

「こんな風に十文字の斬り傷があるんです」

小島は指で地面に縦と横に線を引き、十字を描いた。

「十文字に斬るというのか？」

「はい」

「確かに妙な辻斬りだな。それで、これまで何件発生しているのだ？」

「上司の話では、すでに六人が斬られました」

「六人も殺《や》られたというのか？」

「はい」

「被害者は、いったい、どんな者たちなのだ？」

「幕府の役人が五人、地方藩の要路《ようろ》一人です」

「六人も襲われているというのに、あまり知られていないな」

「そうなんです。将軍のお膝元の武家地界隈《かいわい》での辻斬りということもあって、幕府はこれまでひた隠しにして来た。それがしたちも、先日、初めて上司から聞かされたばかり。もっともどこから嗅ぎ付けたのか、読売の瓦版《かわらばん》が派手に辻斬りについて書き立てていたんで、何件かは知ってはいたんですが」

「ほう、瓦版に出ておったか。爺か大門が買ってもよさそうなものだがのう」

文史郎は頭を振った。

爺も大門も、人一倍好奇心が強い。いつも瓦版を真っ先に買い込んでは、江戸の巷《ちまた》に流行《はや》る事柄を面白可笑《おか》しく文史郎に話して聞かせてくれていた。

「ところで、おぬしの折り入っての相談というのは、なんなのだ？」

「それです。辻斬りに怒った幕閣は、火付盗賊改《ひつけとうぞくあらた》めに命じ、辻斬りを成敗するように指示したのです。そればかりか幕閣は御庭番、寺社奉行、町奉行所などすべてを動員し、辻斬りの下手人を捜すように命令を出した」

「ほほう、寺社奉行方までも動員するというのか」

「はい。先に襲われて殺された侍が寺社奉行方の吟味物調役君島勲之介という要路だったからです。この君島勲之介は神道無念流の遣い手だった。しかも、辻斬りは予《あらかじ》め君島勲之介殿であることを確かめてから斬っている」

「ということは、ただの辻斬りではないな」

「そうなのです。君島殿を狙ったということは、彼の背後に何かある」

「ほかの被害者にも、何か共通する理由があるのか？」

「それは、まだ分かりません」

「被害者たち全員の経歴を洗えば、何か、辻斬りに狙われる理由が分かってくるのではないのか？」

「……おっしゃる通りなのですが、君島殿の経歴についても、ほかの被害者の経歴も、すべて幕府は秘密にして教えてくれぬのです」

小島は苦々しくいった。

「ふふん、幕府に都合の悪い理由があるのだな」

「そうなのです。お奉行様も知らないらしい。そこで、お奉行様は、この際、なんとしても火付盗賊改めや御庭番よりも先に辻斬りを挙げろ、と我々に命じたのです」

「ほほう。それは、どうしてかな？」

「いつも火付盗賊改めや御庭番に、町奉行所は使われるだけ使われ、ないがしろにされている。この際、町奉行所の我々が、どこよりも先に辻斬りを押さえ、なんの理由でやっているのか調べるとともに、日ごろの鬱憤を晴らそうというのです」

「なるほど。それで、わしらに相談というのは」

「町奉行所は、江戸八百八町の治安を守るのに、わずかな人数しかおりませぬ。余計な捜査に大勢の捕り方を動かすわけにはいきません。それで、ぜひとも、内密に、お殿様たちのお力をお借りしたいのです」

「余はいいが、爺がなんと申すか」

文史郎は腕組をし、考え込んだ。

爺の左衛門は、結構しわい男だ。

日ごろ、左衛門は「相談人は慈善事業にあらず、金を頂いてなんぼの商売でござる」と言い張っている。その左衛門がはたして町奉行所の依頼を無料で引き受けるかどうかは疑問だった。

小島は急いで付け加えた。

「もちろん、無料でとは申しません。もし、ご協力いただければ、当然のこと、お奉行から、日当と手当てを出させていただきます。それから、幕府からは辻斬りの首に賞金が掛けられました」

「賞金だと？」

「はい。生死を問わず、辻斬りを退治した者には五百両が出されるということです」

「ほほう。五百両の賞金首か。だいぶ幕閣は困っているようだのう」

文史郎は笑った。

「殿、殿」

噂をすれば影だ。大川端をあたふたと駆けてくる左衛門の姿があった。

「殿、やはりこちらにおられましたか」

左衛門は息急《せ》き切って文史郎の傍に駆け込むと、地べたにへたり込んだ。

小島は驚いた。

「左衛門様、いかがなされました？」

「おう、小島殿も。……いやはや、拙者も歳だのう。……この程度、走っただけで

「……」

「爺、まあ、息を整えよ」

「……は、はい」

左衛門は深呼吸をくりかえし、ようやく落ち着いた。

「殿、大門殿がやられました」

「なにい？　殺《や》られただと？」

「はい。見事に」

「見事に？」

文史郎は眉根をひそめた。小島もびっくりして文史郎を見た。

「どこでだ？」

「大瀧道場です」

「相手は何者だ？」

「道場破りらしいのですが、詳しくは分かりません。たまたま帰り道で、道場を覗いたら大騒ぎになっていて、門弟をとらえて訊いたら大門がやられたと」

「こうはしておれぬ」

文史郎は釣り竿に釣り糸をぐるぐる巻きにして片付けはじめた。左衛門と小島も、慌てて餌箱や魚籠を取り上げた。

「爺、道場までひとっ走りするぞ」

文史郎は釣り竿を肩に掛け、土手の道を走りはじめた。

「殿、お待ちください」

文史郎のあとを小島と左衛門が慌てて追った。

三

道場の前は物見高い野次馬たちの人だかりができていた。

玄関先では門弟たちが出て、集まった野次馬を追い払おうとしていた。

文史郎たちが駆け付けると、高弟の北村左仲《きたむらさちゅう》が真っ先に文史郎を見付けた。

「殿、お殿様ではないですか」

北村左仲の声に野次馬たちは一斉に振り向き、文史郎たちに道を開けた。

「大門が殺《や》られたそうだな。いま、どこに大門を安置してある？」

「はあ？　大門様はあちらに」

北村左仲は怪訝《けげん》な顔をしたが、道場の奥を指差した。

道場では、いつものように門弟たちの稽古が行なわれていた。

床を踏み鳴らす音や気合いが道場内に響いている。

大門が殺されたというのに、なに、普段と変わらないではないか？

どういうことだ？　文史郎はおかしいな、と思いはじめた。

「どれ、御免」

文史郎は釣り竿を北村左仲に手渡し、草履を脱いで玄関の式台《しきだい》に上がった。刀を腰から抜き、右手で携え、道場に足を踏み入れた。

師範代の武田広之進《たけだひろのしん》の姿はなかったが、高井真彦《たかいまさひこ》たち上級者が汗だくになって、後進の門弟たちに稽古を付けていた。

高井真彦が、いち早く文史郎に気付いて、頭を下げた。

「殿、ようこそ、お越しくださいました」

「それで大門の遺体は、どこに？」

「……遺体ですと？　いったい、なんの話です？」

高井はきょとんとしていた。

「大門が道場破りに殺られたと、爺から聞いたが」

「いやあ、殿、面目《めんぼく》ない」

大門のどら声が聞こえた。

道場の正面の見所《けんじょ》に、髯面の大門が足を投げ出して横たわっていた。

傍らで門弟が付き添い、桶の水に濡らした手拭いを絞っては大門の頭に載せている。

「なんだ、大門、生きておったか」

文史郎は拍子抜けした。

大門は姿勢を正し、その場に座った。

「もちろんでござる。どうして、そのようなことを……」

「爺、余をかついだな」

文史郎はいっしょに駆け付けた左衛門を振り返った。

「いえ、そんなことありませんぞ、殿」

「おぬし、大門が道場破りに殺《や》られたと申したではないか」

「やられたとはいいましたが、殺《ころ》されたとは申しておりませんぞ。殿の早とちりにございます」

左衛門は口を尖らせた。小島がほっとした顔でいった。

「いやあ、よかったよかった。大門殿が、そう簡単に殺られるとは思いませんでしたから。間違いでよかった」

「なんだ、そうであったか。余の早とちりだったか。大門、あまり心配をかけるな」

文史郎はほっとして大門の傍に座った。

「佐々木《ささき》、ありがとう。もう大丈夫だ」

大門は傍らで介抱していた門弟に礼をいった。佐々木と呼ばれた門弟はにっと笑った。

佐々木三郎《さぶろう》は、大門の指導よろしく、最近、めきめきと腕を上げて来た門弟だ。

「大門先生、大丈夫ですか？　先程まで、失神なさっておられたというのに」

「もう大丈夫だ。なんのこれしき」

大門はいいながら、濡れ手拭いを押さえた。

左衛門がにやつきながらきいた。

「どこを打たれたのでござる？」

「武士の情けがあれば、きかないでくれ」

「佐々木、話を聞かせてくれ」

左衛門は佐々木に向いた。

佐々木は待ってましたとばかりにいった。

「はい。相手に脳天を一撃され、昏倒なさったのです。しばらくは伸びたままでござった」

文史郎は笑いながら訊いた。

「で、おぬしを打ち負かした相手は？」

「面目ない。……」

「剣客のおぬしを打ち負かした相手というのは、いったいどこの誰なのだ？」

左衛門や小島も興味津々《しんしん》の表情だった。

佐々木がいおうとした。大門が顔をしかめた。

「佐々木、それがしがいう。おぬしは余計なことはいうな」

突然、玄関先がまた賑やかになった。門弟たちが一斉に「お帰りなさい」と声を上げている。

師範代の武田広之進と、道場主の弥生があたふたと現れた。

弥生は下げ髪をひっつめにして後ろで束ね、胸高に袴《はかま》を穿いた若侍姿だった。後ろに北村左仲を従えている。

「いったい、これはどういうことですか？　大門様」

弥生は憤然としながら、文史郎と大門の前に立った。

弥生は怒った顔も美しい、と文史郎は心の中で思った。

「お殿様もいらしたというのに、なぜ、他流試合はお断《ことわ》りだとしなかったのです。あれほど、我が大瀧道場では他流試合は厳禁と申し上げておりましたのに」

弥生は顔を赤らめながら、文史郎を非難するようにいった。文史郎は慌てて手を振った。

「弥生、それがしも爺から大門がやられたという知らせを受けて、たったいま駆け付けたばかりだ。事情は何も知らぬ」

師範代の武田は、高井真彦や藤原鉄之介《ふじわらてつのすけ》、北村左仲、佐々木三郎を見回した。

「おぬしらも、なぜ、我が道場の決まりを知りながら、道場破りを断らなかったのだ？」

四人は互いに顔を見合わせていたが、高井真彦がおずおずといった。

「相手の姫様には、我ら四人が、道場主も師範代も不在であるし、我が道場においては他流試合が禁じられていると丁重に申し上げたのですが、大門様が……拙者はこの大瀧道場の顧問だが、当道場の者にあらずと」

「悪い。それがしが悪い。弥生殿、すべてはそれがしがいけなかった」

大門が大声でいいながら、頭を下げた。

「大門様、いったい、どういうことなのです？」

弥生が詰問口調で訊いた。文史郎も弥生と同時に声を上げた。

「相手の姫様というのは、何者なのだ？」

大門は頭に載せた濡れ手拭いを取った。手拭いの下からぷっくりと膨れた瘤《こぶ》が見えた。

「話せば長くなるが……」

「時間はたっぷりある。何があったのか、話してくれ」

文史郎は大門の瘤を見ながら、笑いを堪えていった。

大門は頭を掻き掻き、話し出した。


午前の稽古を終え、みんなでお昼の休憩を取っているときだった。

「たのもう」

突然、道場の玄関先に甲高い女の声が響いた。

握り飯にぱくついていた大門が、それとなく玄関先に目をやった。

「どーれ」

藤原鉄之介が玄関に赴くと、玄関先に、凛《りん》とした侍姿の若い女が立っていた。

「それがし、剣の修行で諸国を巡っている者でござる」

諸国を巡る女武者修行者？

大門は、握り飯を頬張りながら、高井真彦と顔を見合わせた。

女の声が響いている。

「……ぜひとも、師範の大瀧弥生先生に大瀧派一刀流を、一手ご指南いただきたく、お訪ねいたした次第……」

「先生も師範代も、ただいま留守をしております」

藤原鉄之介も丁寧に応えている。

「しからば、こちらで待たせていただきたい」

「困ります。我が道場は、他流試合を禁じられております。たとえ、先生や師範代が戻られても、決して立ち合いはなさらぬと思います。どうぞ、お引き取りください」

「……それがし、他流試合を申し入れるためにお訪ねしたのではない。ただ大瀧派一刀流を一手ご指南いただきたいだけでござる」

藤原が笑いながらいった。

「そういう口実で、武者修行の者が、しばしば他流試合を申し入れて来られるのです。ですから、先生は、そうした一手指南もお断りするよう、留守居番のそれがしたちは命じられております。どうか、このままお引き取りいただきたい」

「……それがしが女だと思い、侮《あなど》ってはおりませぬか？」

女武者修行者の苛立った声が聞こえた。藤原はあくまで冷静な態度で返した。

「いえ、そんなことは決してありません。我が道場主弥生様も女でございます。女だからと侮ることなど決していたしません」

大門は握り飯をお茶で飲み込み、立ち上がった。

「どれどれ、どんな女武者修行者なのか、御尊顔を拝見させていただいてみるか」

「大門様、酔狂な。おやめになっておった方がいいですよ」

高井真彦は、握り飯をもう一個摘み上げ、たくわんを噛《かじ》りながら、止めに入った。

「いいではないか。どんな女なのか、せめてお顔を見るくらいなら、減るものでなし」

大門は尻をぽりぽりと掻きながら、玄関先に出て行った。

道場で休んでいる門弟たちが興味津々、玄関先を覗いていた。

女武者修行者の声が聞こえた。

「せめて、師範や師範代に代わる高弟の方々に一手教えていただきたく」

「そう申されても、それがしたちは禁じられておりますので、お引き取り願いたい……」

藤原は迷惑顔だった。

「どれどれ、藤原、いかがいたした？」

大門は藤原に声をかけながら、式台に足を踏み入れた。

藤原はほっとした顔で大門を見上げた。

「あ、大門様、どうしても、一手指南してほしいとおっしゃられて、お帰りにならないのです」

女武者修行者は大門に、腰を斜めに折って頭を下げた。

「これはこれは、道場の玄関先をお騒がせし、申し訳ありませぬ。それがしは、桜《さくら》田《だ》摩《ま》耶《や》と申します。さて、大門様は大瀧道場の幹部でございましょうか？」

桜田摩耶と名乗った女は顔を上げた。

大門は摩耶の凛とした美しさに見惚れて、一瞬言葉を失った。

「…………」

摩耶は瓜実顔《うりざねがお》の目鼻立ちがくっきりと整った顔をしていた。

艶のある黒髪はひっつめにして後ろで結い、馬の尾を思わせるように下げている。

額は広く知的で、典型的な富士額だった。眉毛は濃く黒々として太く、意志の強さを表している。その額にほつれ毛が二本貼りついている。

黒目勝ちの大きな目がじっと大門を見つめていた。白目の部分は若い娘特有のやや青みを帯びている。

鼻は小さく愛らしい。その下の形のいい唇は上下とも鱈子《たらこ》のように肉厚で可愛らしかった。

頬から顎にかけては卵のようになだらかな曲線を作っている。肌の色はあくまで白く透き通るようで艶々《つやつや》として滑らかだった。

体付きは武道家には似合わず華奢で細身だった。青い縮緬《ちりめん》の小袖に、茶渋色の男袴を穿き、白足袋《たび》を履いている。

大門は啞然と見惚れながら、摩耶を上から下へと見回していた。好みの女だ。

弥生様と比べても優るとも劣らない美しさだ。いや、もしかして弥生様よりも摩耶様の方が美形かもしれない。はて、どうだろう。弥生様には悪いが、若侍姿では摩耶様の方が上かもしれない。

大門は腕組をしたまま立ち尽くした。

摩耶は困った顔になった。

「大門様、いかがなされた？」

藤原は大門に囁《ささや》いた。

「おう、いや、な、なんでもない。摩耶殿と名乗られたな。拙者は、当道場の顧問大門甚兵衛と申す。貴殿のお話、よく承《うけたまわ》った」

摩耶の顔に笑みが浮かんだ。

「よかった。では、一手ご指南いただけますか」

「それがしでよければ、一手ご指南いたそう。ただし、拙者の流派は、大瀧派一刀流ではないが、それでもよいか」

「……では、何流にござるか？」

摩耶はあくまで男言葉を使っている。

「無手勝流《むてかつりゅう》とでも申すか……」

「無手勝流か？」

「さよう。大瀧派一刀流も加味した実戦向きの剣法にござる」

摩耶はにこっと笑った。

「そうでござるか。分かり申した。お願いいたす」

藤原が慌てて大門の袴を引いた。

「大門様、困ります。やめてください。禁を破られては、それがしたち、弥生様にな

ん と申し上げたらいいのか」

　後ろから覗いていた高井真彦も大門の前に出て制した。

「そうですよ。大門様、勝手に道場の禁を破っては、門弟たちに示しがつきません」

「ははは、構わぬではないか。一手指南するだけだ。他流試合をするわけではないぞ。弥生殿には、それがしがちゃんと説明する。責任は拙者が取る。いいから、おぬしたちは、今後の勉強として、見ておればいい」

　大門は高井や藤原の手を払い、摩耶に上がるように促した。

「さあさ、摩耶殿、拙者がお相手いたす。遠慮なく、上がられい」

「では、失礼仕《つかまつ》る」

　桜田摩耶は草履を脱いで、きちんと揃えてから式台に上がった。

　道場から様子を窺っていた門弟たちがどよめいた。

「藤原、高井、摩耶殿を案内しなさい。失礼のないように」

「しかし、大門様、こんなことをされたら、困ります」

　藤原と高井は、戸惑った顔で立ち竦んだ。

「拙者大門が責任を取るといったろう。いわれた通りにしなさい」

「…………」

藤原と高井は互いに顔を見合わせた。

「御免」

摩耶は二人の前をすすっと擦り足で通り、道場に足を踏み入れた。摩耶の顔は、先刻の笑みは消え、引き締まって見えた。

「では、こちらへ」

大門は摩耶を案内して、明かり取りとなっている武者窓の傍に行った。

途中、大門は見所の上に祀《まつ》られた八幡大明神の神棚に一礼した。

摩耶はちらりと神棚に目をやったが、何もせず、そのまま通り過ぎて、武者窓の前の席に座った。

ほう、緊張しているのかな。それとも神仏に頼らずということか。

大門は頭を振った。

武者窓から野次馬が覗き込んでいたが、摩耶は一向に気にしない様子だった。

大門は摩耶に目をやりながらいった。

「では、ご用意を」

大門は反対側の壁際に座り、刀の下緒《さげお》で襷《たすき》掛けした。

摩耶は腰の脇差しを抜き、傍らに置いた。

小袖の懐から赤い布を取り出し、手早く襷を掛けた。次に赤い鉢巻きを取り出し、額に回して、きりりと締めた。

「藤原、摩耶殿に防具を用意しなさい。汗臭くない、清潔な胴や面がないか」

大門は藤原にいった。間髪《かんはつ》を入れず、凛とした声が響いた。

「防具は結構です」

「さようか。では、得物《えもの》は？」

「真剣でも木刀でも」

「ははは。冗談がきつい。真剣はやめましょう。果たし合いではない。木刀も防具なしでは怪我をする。袋竹刀《ふくろしない》でいかがかな。袋竹刀も当たりどころが悪いと、かなり痛いですぞ。大きな怪我にはならんでしょうが」

摩耶は不満そうに唇を噛んだ。

「……仕方ありません。では袋竹刀で」

「藤原、袋竹刀を」

「はい」

藤原は手ごろな袋竹刀を数本用意し、摩耶の前に置いた。

摩耶は立ち上がり、袋竹刀を一本ずつ取り上げ、何度か振って、そのうちの一本を選んだ。

　大門は心穏やかではなかった。

　摩耶はかなり腕に自信がある様子だった。立ち居振る舞いも、堂々として隙がない。

　立ち合っても負ける気はしなかったが、侮るつもりもなかった。

　摩耶が、どのような剣を遣うのか、気にはなった。

「おぬし、何流を修得なさった？」

　摩耶は微笑んだ。

「……十文字剣法にござる」

「十文字剣法？」

　聞いたことのない流派だった。

「どちらの……」

「エミシの地に生まれた剣法とでも思っていただければ結構」

　エミシの地？　蝦夷の剣法だというのか？

　大門は頭を振った。

　おそらく陸奥《むつ》か奥州《おうしゅう》の地に生まれた剣法なのであろう。

「高井、おぬし、判じ役をやってくれ」

大門は高井に向いていった。

「しかし、それがしは……」

「いいから。万が一、それがしの一手指南が行き過ぎていると判じたら、直ちに止めてくれ」

「分かりました」

「摩耶殿も、この男が判じ役でよろしいな」

「結構でござる」

摩耶はこっくりとうなずいた。

「高井、あくまで公平公正にな。それがしだからといって遠慮はいらぬぞ」

「はい。公明正大に判じます」

高井は覚悟を決めた様子で立ち上がり、大門と摩耶の間に立った。

「では、一手指南をお教え仕ろう」

「お願いいたす」

大門は摩耶と蹲踞《そんきょ》の姿勢で向き合い、挨拶をしてから、袋竹刀を青眼に構えた。摩耶も相青眼に構える。

道場の中は静まり返った。門弟たちは、壁に貼り付くようにして、二人の立ち合いに息を殺して見ていた。

一手指南といっても、型の名称をいったり、実際に手足を動かし、形の指南をするようなことはしない。

試合形式の稽古《けいこ》である。袋竹刀と袋竹刀を遣って打ち合い、それによって相手は学ばねばならない。

たいていは、持てる技量を十分に発揮して闘い、相手の技を盗む。それを一手指南と称しているのだ。

大門ははったと摩耶を睨んだ。

立ち合いになったら、私情もなにも失せる。

袋竹刀ではあるが、斬るか斬られるかの勝負だ。

間合い二間。

大門は青眼に構えた袋竹刀の先に立つ摩耶を見て、心の中で唸った。

袋竹刀の先が次第に大きくなり、摩耶の姿が隠れようとしている。

かなりの手練者《てだれもの》だ。袋竹刀にもかかわらず、木刀に見える。いや、袋竹刀が真剣にすら感じてしまう。

大門はじりじりと左に回り、間合いを詰め出した。摩耶も、逃げずに間合いを詰める。

一足一刀の間合い。

そのとき、摩耶の袋竹刀が動いた。摩耶の軀が見えた。

大門は摩耶の動きに応じながら、袋竹刀を右八相に構え直した。爪先立ちになり、前後左右、いずれにも動ける構えだ。

大瀧派一刀流、天地神明の構え。

大門が弥生から学んだ構えだ。

摩耶の顔にふっと笑みが流れるのが見えた。

なぜ、笑う？

大門は動揺した。

摩耶の袋竹刀が上段に変わった。袋竹刀の先が、ゆっくりと縦に下りた。ついで、くるりと刃先を変え、すっと左中段になると、今度は真横に右へ移動していく。

なるほど、と大門は得心した。

縦に一線、横に一線。摩耶は十文字を描いている。

これが、十文字剣法か。

おもしろい。大門は摩耶の構えに吸い込まれるように前に出て、袋竹刀を振り下ろした。

摩耶の軀がくるりと大門の袋竹刀を躱した。と思うや、横殴りに大門を袋竹刀が襲った。

大門は咄嗟に頭を下げながら、袋竹刀を避けた。

隙あり！

大門は袋竹刀を摩耶の軀に突き入れた。

瞬間、摩耶の軀がふっと消えた。摩耶は跳び上がり、下りざまに袋竹刀を大門の頭上に振り下ろした。

大門は袋竹刀で受けようとした。

間に合わなかった。袋竹刀が頭を襲った。激しい打突《だとつ》。

「一本！　摩耶殿」

高井の声が遠くに聞こえた。

いやあ、参った参った。

大門は崩れ落ちながら、摩耶を見上げた。摩耶は笑みを浮かべ、大門を見据えながら、残心の構えに入っていた。

摩耶殿は美しい。美し過ぎる。……

大門は痛みも忘れ、摩耶の立ち姿に見入りながら気を失った。

「という次第で、我輩としたことが、面目ない」

大門は頭の瘤を濡れ手拭いで冷やした。

「呆れたのう。やられてなお、美しい、美し過ぎるか」

文史郎は頭を振った。

左衛門も空気の漏れるような力のない笑い声を立てた。

「大門殿らしい敗《ま》け方ですなあ。実にみっともない」

弥生は何もいわず下を向いて笑っていた。

「…………」

師範代の武田広之進も、同心の小島啓伍も、なんと慰めたらいいのか、と戸惑った顔でにやついていた。

大門は不貞腐《ふてくさ》れるようにいった。

「いいよ、いいよ。殿も爺さんも、同情心のない。もし、摩耶殿を見れば、なぜ、拙者がそう思ったか分かるだろうよ」

文史郎は周りの高井や藤原、北村左仲たちを見回した。

「それで、その女剣士は、どうした？」

高井が応えた。

「しばらく、気絶している大門様の様子を気遣っていましたが、やがて、迎えの老侍が来て、引き揚げました」

「迎えの老侍？」

「はい。左衛門様と同じくらいの年配の侍でした。頭は白髪混じりの総髪で、後ろに丁髷《ちょんまげ》を結っただけの格好で、いかにも姫の護衛、あるいは傅役《もりやく》という感じの侍でしたね」

「なに、姫だと？」

文史郎は訝《いぶか》った。

藤原鉄之介がうなずいた。

「はい、そうなんです。迎えに来た老侍は、摩耶殿を見て『姫、こんなところに御出でては、爺も心配しておりました』と嘆いていました」

北村左仲も興奮したようにいった。

「そうなんです。あの摩耶殿は、どうやら、どこかの姫らしい。あの老侍に向かい、『爺や、心配しないでいい。わたしの好きにしておいてください』といってました。

きっと、どこかの高貴な姫様なのだろう、と」

弥生は戸惑った顔で訊いた。

「表の看板は?」

「もちろん、無事です」

藤原鉄之介がうなずいた。

「そう、よかった。でも、よく大人しく引き揚げて行きましたね」

弥生はほっとした顔で武田広之進と顔を見合わせた。

高井が付け加えるようにいった。

「摩耶殿は帰りぎわにいいました。本日は、一手指南いただきありがとうございました、と。次の機会には、ぜひとも、道場主の弥生様に一手御指南いただきたく、お伝えくださいませ、といってました」

「また来るというのですね」

「はい」

「いつ?」

「いつとはいっておりませんでしたが、近いうちだと思います。もっとも、傅役の爺様は、反対らしく、姫、もう二度と、このようなことはおやめくださいと、しきりに諫めておりましたが」

「いつ来ても結構です。今度は、私が直接、お相手し、その摩耶とやらの姫の高慢ちきな鼻柱をへし折ってやりましょう。大門様の仇はそれがしが討ちます」

弥生は美しい顔を怒らせていった。

大門はぼんやりと遠くを見る目付きをしていた。

文史郎は左衛門と顔を見合わせた。

どうやら、大門はその摩耶姫とやらに腑抜けにされたらしい。

四

道場を出たときは、まだ昼の盛りで、灼熱の太陽が頭上に輝いていた。

暑い。これは堪らん。

文史郎は、左衛門や小島啓伍、大門の三人とともに、暑さ避けに、掘割沿いにある水茶屋『風水《ふうすい》』に寄った。

掘割に向けて開いた窓からは、水面を渡る涼風がそよいで来る。

文史郎は仲居に、冷たい麦茶と井戸水に冷やした瓜を所望した。

「殿、どう思われますか？」

小島啓伍は団扇《うちわ》を扇ぎながら文史郎に訊いた。

「そうだのう」

文史郎も団扇を扇ぎ、考え込んだ。

「摩耶姫とやらは、十文字剣法といっていたそうですね。その姫は怪しい。辻斬りの白頭巾の揮う剣法と似ておりませぬか」

「ううむ。確かにのう」

文史郎は煙草入れを取り出し、煙草盆を引き寄せた。キセルの皿に莨《たばこ》を詰め、火種の炭火につけてすぱすぱと吸った。

十文字剣法とかいっていたが、はたしていかなる剣法なのか、大門の説明では、いま一つはっきりしない。

「大門、おぬし、その姫の十文字剣法の剣技をどう見た？」

「…………」

大門は放心したかのように、葦簀《よしず》の陰から見える青空の雲をぼんやりと眺めていた。

文史郎の問いが耳に届いていないのか、答えなかった。

「おい、大門、聞いておるか？」

文史郎は笑いながら大門の肩をぽんと叩いた。

大門ははっとして物思いから我に返った様子だった。

「……なんでござる？」

大門は頭に手をやり、顔をしかめた。まだ瘤は引っ込まず、触るとひりひりと痛むらしい。

「大門、先刻までの元気さがまるでないな」

「………」

大門は答えず、代わりに深い溜め息をついた。

左衛門はにやにやしながらいった。

「大門殿は、あの姫に頭を打たれたおかげで惚けてしまったのではないですかな」

「そんなことはありませんぞ」

大門は元気なくいった。

文史郎は笑いながら訊いた。

「おぬし、摩耶姫と立ち合ったときのこと、思い出せるか？」

「はあ。たぶん……」

大門は溜め息混じりにうなずいた。

「どのように敗けたのだ？」

「それが、正直よく分からないうちに打たれていて……」

「分からないうちに打たれた？」

「そうなんです。不思議なのです。思い出すと、なぜ、あんな風に打たれたのかが、分からない」

「というと？」

「姫が竹刀を、縦に上から下へ振り下ろし、ついで刃筋を返し、横に左から右へ動かした」

大門は竹刀を握る格好をし、話しながら、握った手を縦横に動かした。

「そうやって、竹刀で十文字を描くか、描かぬかというところまではよく覚えているのです。そのとき、なぜか、ついっと誘い込まれるように自然に足が出てしまい、無意識のうちに竹刀を突き入れた」

「ふうむ」

文史郎は大門の説明を聞きながら、大門と摩耶姫の立ち合いを想像した。

「姫は待ってましたとばかりに跳び上がり、突きを躱し、上段からそれがしを打った。そうなると分かっていたのに、なぜか軀がいうことを聞かず、姫の誘いに乗ってしまったのです。おそらくあの十文字に、人を誘い込む魔力のようなものが潜んでいるのではないか。そんな気がするのでござる」

大門は頭を振り、また溜め息をついた。

小島が文史郎に向いていった。

「殿、どうでしょう、その摩耶姫とやらを捕まえて尋問しては。きっとその姫は辻斬りと繋がりがあるかと」

「そうだのう」

文史郎はキセルを吹かした。

「殿、ちょっとお待ちを」

左衛門が文史郎と小島の間に割って入った。

「ここで、はっきりさせておきましょう。殿は小島殿の相談を受けるつもりですな」

「うむ。爺、依頼を引き受けよう」

「分かりました。で、小島殿、奉行所は、いくら出すというのです？　それをはっきりしていただかないとな。わしらもただ働きはいやなのでね」

左衛門はぐいっと小島に膝を進めた。小島は目を白黒させた。

「分かり申した。奉行所の決まりでは、日当五百文。お武家様の場合は、その上に手当が付いて一日六百文でござる」

「六百文、意外に奉行所もしわいな」

文史郎は頭を振った。左衛門も不満気だった。

「一朱は出ると思っていましたがねえ」

「なにしろ、お役所は金がありませんので、高いお金で人を雇うことができないのです。あい済みません」

小島は謝った。文史郎は笑った。

「小島殿が謝ることはないな」

「それはそうですが、その代わり、辻斬りを捕まえたり、成敗していただければ、五百両を褒美として出してくれるそうです」

「五百両首か！　それはいい」

左衛門は満面に笑みを浮かべ、大門を見た。

「大門殿、聞きましたか？」

「………」

大門はぼんやりと外を眺めていた。我関せずという風情《ふぜい》だった。

左衛門は溜め息をつき、文史郎や小島にいった。

「駄目だこりゃあ。大門殿は、使いものにならない」

「何か、申されたか？」

大門はふと我に返り、左衛門に尋ねた。

文史郎は笑いながら、小島にいった。

「ともあれ、奉行所からの依頼、引き受けよう。いいな、爺」

「はい。分かりました。殿とそれがしだけでも、やりましょう」

左衛門は大門を見ながらうなずいた。

小島は嬉しそうにいった。

「かたじけない。きっと上司も喜ぶことでしょう」

「ところで、引き受けるにあたり、おぬしにやってほしいことがある」

「なんでしょう？」

「これまで、辻斬りに遭った者全員の名前や役職、これまでの経歴が知りたい。いつどこで襲われたかということも知りたい」

「かしこまりました。大至急、お奉行から目付に話をしてもらい、辻斬りに遭った全員の調書を手に入れることにしましょう。少々時間をください」

小島は誠実そうな笑みを浮かべた。

五

老中安藤華衛門《あんどうかえもん》は書院に籠もり、蠟燭《ろうそく》の火の下、古い日録に目を通していた。

燭台の蠟燭の炎は微動たりもせず、油煙《ゆえん》が真直ぐに立ち昇っている。

夜がしんしんと更《ふ》けていく。

どこかで犬の遠吠えが聞こえた。月に向かって吠えているのだろう。

安藤華衛門は、ふと何かの気配を感じ、古い文書をめくる手を止めた。丸窓の障子戸の隙間から庭に目をやった。

月の光が庭に差し込み、池や木々を青白く照らしていた。

十六夜《いざよい》も過ぎて、月はいくぶん欠けはじめているものの、依然として明るい。

隣室には、不寝番の侍が二人詰めている。

しかし、しわぶき一つ聞こえない。

先日、安藤華衛門は、寺社奉行方の吟味物調役君島勲之介が辻斬りに襲われ、斬殺されたという報告を受けた。

報告では、供の中間《ちゅうげん》は、そのとき、辻斬りが何度も「悔い改めよ」とくりかえすのを聞いたということだった。

君島勲之介は、かつて自分の下にいた男だった。その君島が「悔い改めよ」といわれて斬られたと聞き、安藤華衛門はふと昔のことを思い出した。そこで自ら書庫から当時の日録を取り出し、読んでいたところだった。

その日録には、己が僻地に派遣され、そこで行なった事業の進捗状態や、それをめぐる日々の出来事が綿々と綴られてある。

頁をめくるごとに、若きころの至らぬ己の姿が目に浮かび、心穏やかではなかった。

安藤華衛門は、すっかり忘れていたはずの昔日《せきじつ》の苦衷《くちゅう》の思いが込み上げ、わざわざ日録など開かなければよかったと、いまになって後悔した。

また庭に動くものの気配を感じ、安藤華衛門は顔を上げた。

何か白い影のようなものが横切ったような気がした。

隣室からも、かすかに物音がしたが、それもすぐにやみ、再び静寂があたりを支配した。

安藤華衛門は、日録に目を落とした。

あまり読み進まぬうちに、文机《ふづくえ》の上の蠟燭の炎がふっと揺れた。

安藤華衛門は背後に人の気配を感じて振り向いた。

そこには、上から下まで白装束姿の白頭巾が立っていた。

襖の隙間から隣室の二人の不寝番が無様《ぶざま》に横たわっているのが見えた。

白頭巾はすらりと刀を抜き放ち、安藤華衛門に突き付けた。

「ねがわくは神おきたまへ　その仇《あだ》はことごとくちり　神をにくむものは前《みまえ》よりにげさらんことを」

厳かな声が白頭巾の頭上から聞こえた。

安藤華衛門は跳び退き、床の間の刀掛けに駆け寄った。

「何者？」

「……烟《けぶり》のおひやらるゝごとく　かれらを駆逐《おひやり》たまえ　悪《あし》きものは火のまへに蠟《らふ》のとくるごとく　神のみまへにてほろぶべし」

低い声は続いた。

「誰か出会え出会え！　曲者《くせもの》だ」

華衛門は大声で叫びながら、床の間の刀掛けから大刀を取り、引き抜いた。

年を取ったとはいえ、若いころは柳生流《やぎゆうりゆう》皆伝の腕前だ。無碍《むげ》には斬られぬと華衛門は思った。

華衛門は相青眼に構え、白頭巾の腕前を探った。

白頭巾の構えを見て、出来ると直感した。

「……悔い改めよ」

白頭巾は刀を青眼に構え、ゆっくりと切っ先を縦一文字に動かした。

「名を名乗れ」

「……裁きを受けよ」

白頭巾は無言のまま、刃先を横一文字に動かして行く。

華衛門は思わず引き込まれるように足を踏み出し、白頭巾に刀を突き入れて行った。

白頭巾の刀が一閃し、蠟燭の火がふっと消えた。

華衛門の黒い影が音を立てて、文机に覆い被さるように倒れて行った。

「出会え、出会え」「曲者だ、出会え」

互いに呼び合いながら、廊下を駆けてくる足音が響いた。

白頭巾ともう一つの影が、月明かりの下、ゆっくりと庭を横切って行く。

「殿、殿」

「曲者だあ、逃がすな」

書院の襖が開かれ、どやどやっと家来たちが駆け込んだ。

家来たちが庭先に出たときには、白頭巾ともう一つの影は庭から忽然と消えていた。

六

「珍しいねえ。大門さんが起きて来ないなんて」

右隣のお福《ふく》が背におんぶした赤子をあやしながら、文史郎や左衛門の椀に味噌汁を入れた。

「かたじけない」

「ありがとう」

文史郎と左衛門は礼をいった。

いつもなら大門は、真っ先にやって来て、「めし、めし」と左衛門や隣のお内儀のお福やお米《よね》を急かすのに、今日に限っては姿を現さなかった。

左隣のお米がお櫃《ひつ》のご飯を茶碗に盛り付けながら、心配そうに文史郎に尋ねた。

「殿様、大門さんに何かあったんですかねえ。昨夜も食欲がない、といって食べなかったもんねえ」

文史郎は箱膳に向かい、ご飯を食べながら、左衛門と顔を見合わせた。

「何かあったか、といえば、ないこともなかったが、どうかのう、爺」

左衛門はたくわんを噛りながらいった。

「お米さん、大丈夫、大門殿のことだ。いまに腹減ったあ、と大声を出しながら、現れるよ」

「そうですかあ、だったらいいんだけど」

お福とお米は大門の膳に目をやりながら、落ち着かなかった。そのうち、お米は急に立ち上がった。

「心配だから、お福さん、あたしがちょいと見て来るわ」

「そう。済まないね」

お米は下駄を突っ掛け、ばたばたと足音を立てて、文史郎たちの長屋から出て行った。

「大門さん、人騒がせだからねえ。まるで、大きな駄々っ子みたい」

お福は笑いながら、上がり框に座り、文史郎と左衛門に団扇を扇った。

しばらくしないうちに、慌ただしい下駄の音を立てて、お米が戻って来た。

「たいへん、たいへん、大門さんは、病に伏せったようですよ」

「病に伏せっていただって？」

お福が素っ頓狂な声を上げた。

文史郎はご飯茶碗に薬罐《やかん》の白湯《さゆ》を注ぎながらお米の顔を見た。

「ただ寝坊していたのではないのかい？」

「きっと夏の流行り病ですよ。なんとかしてあげなければ」

お米は大門に朝餉の用意ができたといったところ、大門は万年床に寝込んだまま、腹が痛い、食欲がない、といって起きようともしなかったという。

「爺、行って様子を見て参れ」

文史郎は半信半疑でいった。

「はいはい」

左衛門は草履を突っ掛け、外に出て行った。

「お殿様、ほんとですよ。大門さんは一日でげっそりやつれてしまい、目もしょぼしょぼさせてましたよ」

お米はまくしたてた。お米とお福は、ああでもない、こうでもない、と文史郎の前で大門の様子を話していた。

やがて、左衛門が戻ってきた。

「爺、どうだった。大門の様子は？」

「殿、大門殿は、確かに腹が痛む、食欲もない、と寝たきりです。ほんとに病にかかったようです」

「そらみなさい。あたしがいった通りでしょ」

お米が胸を張った。お福がいった。

「じゃ、お医者さんを呼ばなければ。ねえ、お殿様、なんとかしてやってくださいな」

文史郎も溜め息混じりにいった。

「軀だけは丈夫で頑丈な男が病だというのか。典医の幸庵《こうあん》を呼ぼう」

左衛門は笑いながら、頭を振った。

「殿、あれは、どんな医者にかかっても治りませんよ」

「ほう。なぜだ？」

「あれは恋煩いです」

「え？　あの髯の大門さんが恋煩いですって！」

「まさかあ」

お福とお米は、可笑しそうにどっと笑った。

文史郎も啞然として左衛門を見た。

「大門が恋煩い？　いったい、誰に？」

「あの摩耶姫ですよ。大門を一撃のもとに叩き伏せた。大門は、あの一撃で恋煩いに陥ったのでしょう」

左衛門は頭を振った。

七

夏の暑い最中だというのに、大門は万年床で掻巻《かいまき》を頭から被って蹲《うずくま》っていた。

摩耶姫との立ち合いから三日も経っている。

大門は三日という間、飯も食わず、好物の饅頭さえも口にしなかった。

枕元には、ご飯を山盛りにした茶碗やお新香の盛り合わせ、納豆、焼き魚などを載せた箱膳が置いてある。

いずれも大門の好物だった。だが、大門は少しも手をつけていない。

わずかに茶碗に入れた水が減っているだけだった。

文史郎は団扇で扇ぎながら囁いた。

「爺、ほんとに摩耶姫への恋煩いか？」

「はい。間違いありません」

「しかし、このまま絶食を続けると死ぬのではあるまいな」

「水さえ飲んでいれば死ぬことは決してありません。餓死する前に、必ず食物に手を伸ばします。一口食えば、あとは一気呵成。自棄《やけ》食いをするようになり、元気になります」

左衛門は断言した。

「それに大門殿のこと、あと一月《ひとつき》ぐらい飲まず食わずでも平気でしょう。なにしろ、日ごろ体力があり余っている男ですから」

「そうかのう」

文史郎は汗だくになっても掻巻を被って蹲っている大門を眺めた。三日しか経っていないのに、いくぶん掻巻の盛り上がり方が小さくなったようにも思える。

「何か、効く薬はないかのう」

「それは、ありますよ」

「なんだ？」

「摩耶姫ですよ。摩耶姫がここに姿を現したら、大門殿は一発で元気になりましょう」

「そうか」

「やってみましょうか？」

左衛門は意地悪そうに笑い、文史郎に黙っているように目配せした。

折から裏店《うらだな》の細小路を急ぐ足音が聞こえた。

左衛門は両手を喇叭《らっぱ》のようにして口につけ、大声でいった。

「おお、これはこれは、摩耶姫様ではないですか。摩耶姫様、ここです、ここです、大門殿の長屋は」

途端に搔巻が跳ね起き、髯ぼうぼうの大門が顔を見せた。

「摩耶姫が来たって。ど、どこに」

大門は血走った目で開け放たれた戸口から細小路を見た。

「殿、いかがです？」

「ほんとだのう」

文史郎は呆れて頭を振った。

大門が居住まいを正して、布団の上に正座し、頭を下げた。

「これはこれは、ようこそおいでくださいました」

「左衛門様、それがしは摩耶姫なんぞじゃありませんよ」

弥生の声が響いた。

振り向くと、戸口には若衆姿の弥生が立っていた。弥生は心配顔で覗いていた。

「おう、弥生、見舞いに来たのか」

「はい。大門様が、あの女剣士に打ち負かされて寝込んでいるとお聞きして、とりあえず見舞いに参った次第です」

弥生は土間に入り、上がり框に座った。

手に携えた風呂敷包みを開いた。中から、大門の大好物の大福餅が現れた。

「弥生殿、申し訳ありません。みっともない姿をお見せして。お見舞いありがとうございる」

大門は頭を掻きながら恐縮した。弥生は優しい口調で訊いた。

「怪我の具合は、いかがですか？　頭に瘤ができた程度だったと思いましたのに」

文史郎はにやつきながらいった。

「弥生、大門の怪我は大したものではない。むしろ、敗けて心に受けた傷がひどいらしいのだ」

「そうでしたか。あの摩耶という女、ほんとうに許せぬ……」

弥生は怒った顔でいった。

左衛門が文史郎と顔を見合わせながらいった。

「弥生殿、いやはや困ったことに、敗けた大門はあの摩耶姫に惚れ込んでしまったらしいのです。それで忘れられなくなり、悶々として寝たきりになってしまったという次第」

「なんですって！　では、大門様は恋煩いにかかったというのですか。……」

弥生は口に袖をあて、吹き出しそうになるのを堪えた。

「恥ずかしい……」

大門はまた掻巻を頭から被り、布団に蹲った。

細小路を急ぐ足音が聞こえた。

戸口に血相を変えた小島啓伍が顔を出した。

「殿、やはり、こちらにおられましたか」

「いったい、どうしたというのだね」

「昨夜、また白頭巾が現れました」

「ほう、どこの辻に？」

「それが、今度は辻斬りではなく、夜中密かに老中安藤華衛門様の屋敷に忍び込み、なんと安藤華衛門様を暗殺したのです」

「なに、老中を殺《や》ったというのか」

大それたやつ。文史郎は今度の事件は容易ならぬものになる、と思った。

「いま城内はてんやわんや大騒ぎで、緊急に奉行も城に招集され、評定会議が開かれています」

「ふうむ」

文史郎は、さもありなんと腕組をした。

「つきましては、お殿様に、すぐに奉行所へお越し願いたい、と上司が申しております」

「うむ、どういうことかのう?」

「実は目付の梶原《かじわら》龍之介《りゅうのすけ》様が、密かに殿にお目にかかり、ご相談したい、とのことにございます」

文史郎は左衛門と顔を見合わせた。

目付は旗本御家人をはじめとする幕臣すべてを監察し、取り締まる役目である。若年寄の下、十人ほどが選任されているが、いずれも武士の規範になるべし、という武士の矜持《きょうじ》と誇りを持った堅物《かたぶつ》が多い。その目付の堅物振りは、廊下でも角を曲がるときには、直角に歩いて曲がるという徹底ぶりだった。

若年寄支配だが、将軍や老中にも直接拝謁し、意見具申することができる。さらには上司である大目付や同僚の目付、奉行などの監視監察も行なう立場にある。

そんな目付の一人である梶原龍之介が、いったい、どういう相談を文史郎に持ち掛けるというのだろうか？

「文史郎様、今度という今度は、私にも相談人のお仕事、ぜひに手伝わせてください。なんでもいたします。どうぞ、よろしくお願いいたします」

弥生が傍らから文史郎を濡れた目で見つめていた。

「分かった。考えておこう」

「前にも、考えておくなどといって、結局、私に手伝わせてくれませんでした。今度もそうなさるつもりでしょう」

弥生は眉根をひそめ、怒った顔になった。

小島が脇から促した。

「殿、すぐに奉行所へお越しを。目付様がお待ちしております」

「分かった。すぐに参ろう」

文史郎は左衛門に目配せし、立ち上がった。

「弥生、手伝いの手始めに大門のこと頼む。しばらく面倒を見てくれ。おぬしが付いていれば、立ち直りも早かろう」

文史郎はそう言い置き、小島とともに細小路に出て歩き出した。左衛門が二人のあとからついて来る。

後ろを振り向くと、戸口から恨めしそうな弥生の顔があった。

八

奉行所の中は、しんとして静まり返っていた。事務方の与力や同心が、静かに書類に筆を走らせる物音だけが立っている。

小島に賓客用の客間に案内された文史郎と左衛門は、床の間を背にした上座に座らされた。

左衛門は文史郎を主賓の席に座らせ、自分は廊下に近い家臣の席に座った。

いったん小島は奥に引っ込んだと思うと、ほどなく小島に先導された目付の梶原龍之介が静々と廊下に現れた。あとから小島の上司である与力の桜井《さくらい》静馬《しずま》が従っていた。

梶原龍之介は部屋に入ると、すぐさま文史郎に平伏した。

「若月丹波守清胤様、初めてお目通りさせていただきます。拙者、目付の梶原龍之介と申します。以後、どうぞ、よろしくお見知りおきくださいますようお願いいたします」

「うむ。そこでは話が遠い。もそっと近こうに」

文史郎は元藩主の威厳を保っていった。

「では、早速に失礼いたします」

梶原龍之介は膝行《しっこう》して、文史郎の向かい側の下座に座った。そこであらためて頭を下げた。

「この度は、元藩主である若月丹波守清胤様に、わざわざお越しいただきまして、まことに申し訳ありません。本来ならば、拙者が丹波守様のお屋敷に赴くところですが、あくまで内密にお会いしてお願いいたさねばならない事情がありまして、このような奉行所にお越しいただいたわけにございます。どうか、ご容赦のほどをお願いいたします」

「ははは。それがしの屋敷は、町人が住む裏店。目付殿のような御方が御出でになられるようなところではござらぬ」

「裏店にお住いでござると？」

梶原龍之介は目を白黒させ、戸惑った顔をした。

「目付殿、それがしは、いまや若隠居の身、長屋の殿様と呼ばれている気楽な身だ。堅苦しい話はなしにしよう」

「丹波守様が、そうおっしゃられるなら、そのようにさせていただきます」

「まず丹波守様はやめてくれ。殿呼ばわりもなしにしてもらいたい。それがし、若月丹波守清胤改め、いまはただの相談人の大館文史郎、または旧姓松平文史郎だ。だから、相談人文史郎とでも呼んでくれぬか」

「は、はい。若月丹波守清胤様、いや相談人様」

「うむ、それでいい。で、お互い、忙しい身だ。単刀直入に話し合おう。それがしに、何をしてほしい、というのだ？」

文史郎は膝を崩し、胡座《あぐら》をかいた。

「実は、もうお聞きおよびかと思いますが、昨夜、老中安藤華衛門様が白頭巾なる者に殺されました」

「先ほど、同心小島啓伍から聞いた」

「これで白頭巾に襲われて殺された者は、都合七人に上《のぼ》ります。うち、幕府要路が六人、仙台《せんだい》藩の要路が一人となります」

「なるほど」

「さっそくですが、若月丹波守清胤様、いや相談人の文史郎様に、その白頭巾なる下手人を捕えて、成敗していただきたく、お願い申し上げる次第なのです」

「辻斬りの件について、先般、同心の小島啓伍殿から相談され、すでに引き受けておるのだが」

「そうでござったか」

傍らから与力の桜井静馬が膝行して梶原龍之介に寄り、耳打ちした。

「うむ。分かった」

梶原龍之介は桜井にうなずき、再び、文史郎に向き直った。

「この事態は、幕府の根幹を揺るがす事案にございます。火付盗賊改め、御庭番をはじめ、それがしたち目付の配下、町方奉行所の捕り方を走らせ、四方八方に目を光らせたにもかかわらず、辻斬りは退治できず、やすやすと老中屋敷にまで侵入され、老中が暗殺されてしまった。幕府の面目丸潰れです。もはや町方奉行所の面子《めんつ》をかけた調べなどではありません。あらためて、殿には、いや相談人様には、幕府の目付梶原龍之介が正式に、白頭巾を捕えていただきたく、お願い申し上げます」

「ううむ。爺、いかがいたそうかの？」

文史郎は左衛門に目をやった。

左衛門は小島啓伍に目配せした。

小島はうなずき、つつっと上司の与力桜井に膝行し、耳打ちした。桜井は大きくうなずき、軀を伸ばし、梶原龍之介に囁いた。

梶原龍之介は満面に笑みを浮かべていった。

「……もちろん、正式な依頼でございますので、それ相応の謝礼はお払いいたす所存です。ご安心くだされ」

「目付殿、それがしたちは、金だけで雇われるのではない」

「承知しております。しかし、白頭巾を捕えていただければ、謝礼のほかに賞金八百両を保証しましょう。いかがですかな」

文史郎はちらりと左衛門を見た。左衛門はうなずいた。引き受けましょうという合図だ。

「うむ、考えさせてくれ」

「お引き受けいただければ、武家屋敷への自由な出入り、幕臣への取り調べなど、拙者が保証いたします」

「それはいいな」

文史郎は左衛門と顔を見合わせた。左衛門も大きくうなずいている。

「しかし、なぜ、そのようにしてでも、それがしたちを使うのかのう。それがしたちよりも優秀な御庭番や目付配下や火付盗賊改めがいるではないか」

「…………」

梶原龍之介は言葉が詰まった。

「白頭巾の背後に、何か重大な秘密がある、ということか？」

「そう察していただければ」

梶原龍之介はまた平伏した。

白頭巾の背後にいったい、何があるというのか？

文史郎は思わぬ展開に左衛門と顔を見合わせた。

第二話　十文字剣法

一

奉行所は人の気配がなく静まり返っていた。
どこかでやもりが小さく鳴く声が聞こえた。
蠟燭の炎が大きく揺れた。
文史郎は団扇を扇ぎながら、文机に拡げた報告書に目を通した。
書面に辻斬りに遭った順番に、七人の犠牲者の名前が並んでいる。
芹沢征蔵《せりざわせいぞう》　小普請組組頭《こぶしんぐみくみがしら》。五十歳。
四位孝之助《しいこうのすけ》　先手組《さきてぐみ》組頭。四十二歳。

木暮伝兵衛《こぐれでんべえ》　勘定奉行方吟味役　四十歳。
大槻弦之丞《おおつきげんのじょう》　仙台藩元中老。五十二歳。
岩見正重《いわみまさしげ》　大目付方与力　四十三歳。
君島勲之介　寺社奉行方吟味物調役　五十歳。

以上の六人はいずれも、屋敷への帰り道、辻斬りに待ち伏せされて斬死している。

残る一人は、老中安藤華衛門。

安藤華衛門だけが、屋敷に侵入した白頭巾によって斬殺されている。

いったい、なぜ、白頭巾は彼ら七人を殺《あや》めたのか？　いずれも白頭巾は本人であることを確かめた上で斬っている。ただの辻斬りではない。

文史郎は傍らに座った左衛門と小島を見回した。

「爺、いかが思うか？」

「いかがと申されても、これだけでは……」

左衛門は戸惑った顔で文史郎を見た。

文史郎は傍らに控えた小島を見た。

「襲われた七人には、何か共通する理由があるのではないのか？　偶然に、辻斬りに遭ったのではあるまい？　小島はどう見ておる？」

小島は文史郎の顔を見た。

「七人の犠牲者のうち、それがしたち町方が取り調べることができたのは、深川の料亭から帰りに襲われた君島勲之介殿と、墓参の帰り道に待ち伏せされて襲われた大槻弦之丞殿の二件だけでした」

「ふうむ」

「辻斬りが出たという通報が番屋から奉行所にあって、町方のそれがしたちが現場に駆け付け、被害者の傷の様子や供の者たちや事件を目撃した通行人から何が起こったのか、事情を聴いた。それからというところで取り上げられた」

小島は自嘲するように笑った。

「つまり目付の配下や火付盗賊改めが乗り出して来て、町方役人のそれがしたちはお払い箱になった」

町奉行配下の町方役人は、町地で起こった殺人や強盗事件を調べることができるが、被害者が幕臣や武士だったり、現場が武家地だった場合は取り調べる権限がない。

「それでも、その二人の遺体は検分しました。それがしもこの目で検分しております。あの二人の胸には十文字の斬り傷がありました」

「十文字の斬り傷？」

左衛門が唸るようにいった。

「梶原龍之介殿の話では、やはり、安藤華衛門も十文字の斬り傷があったとおっしゃっておりましたな」

文史郎は左衛門と顔を見合わせた。

「辻斬りのことだが、供の者たちは、なんと申しておったか？　男の声か、女の声か」

「いえ、声は男の声だったといっていました」

「そうか。では、摩耶姫ではないな」

文史郎は大門と立ち合った摩耶姫が十文字剣法を使うと聞いて、もしかして摩耶姫が白頭巾ではないか、と疑っていた。

小島はいった。

「確かに。君島殿と大槻殿の御供だった小者や中間たちは、男の声で呪文のような言葉が聞こえたと申してました」

「呪文のようなだと？」

「呪文かどうかともかく、白頭巾は斬る前に『悔い改めよ』とか『悔い改めねば天罰が下りよう』と申していたそうです。ですから、白頭巾には、その二人を罰するなんらかの理由があったのだろう、と思われます」

文史郎は腕組をした。

「ふうむ。君島は幕臣だが、大槻一人だけ幕臣ではなく、幕府の御抱え学者だった。以前は仙台藩の元中老というのも謎だな」

「そうですね。大槻殿の場合は、目付預かりになっただけでなく、わざわざ仙台藩の江戸屋敷から江戸家老がやって来て、遺体を検分なさった」

「そのとき、江戸家老は何か申しておったかのう？」

「大槻殿は幕府に協力したばかりに、と愚痴をいっておられた。何に協力されたのか、と聴こうとしたら、それ以上は幕閣にお尋ねなされよ、と拒まれましたな」

「幕府に協力したとは、なんのことかのう？」

「さあ。そのときは、あまり深く考えなかったので、そのまま引き下がったのですが」

小島は頭を振った。

文史郎は考え込んだ。

沈黙がしばらく書院の間を支配した。

左衛門は先程から難しい顔をし、しきりに物いいたげだった。

「爺、何か、分かったか？」

「殿、十文字といい、説教じみた文言や呪文といい、もしや……」

「爺、なんだというのだ？」

「もしかすると、もしかするかもしれませぬぞ」

左衛門は顔をしかめた。

文史郎は呆れて笑った。

「爺、何をわけの分からぬことをいっておるのだ？」

「……もしや、大昔に幕府から禁じられた切支丹伴天連《キリシタンバテレン》ではないかと」

「なに、キリシタンだと？　かつて島原《しまばら》で乱を起こした、あのキリシタンバテレンだというのか？」

「はい。軀に残った十文字の斬り傷といい、怪しげな魔法の呪文といい、南蛮《なんばん》の伴天連かもしれません」

文史郎は子供のころ、祖父や年寄りから聞かされた恐ろしい魔術を使う南蛮人の話を思い出した。

あれは、たしか切支丹伴天連。人に南蛮渡来の魔法をかけ、人を惑わし、死をも恐れぬ悪鬼にする。そのため、幕府は島原の乱を平定するのに、多大な人命を払った。いまから二百年も前のことだ。

そのとき、九州の諸大名を糾合し、乱の平定に努《つと》めた幕府の老中松平信綱《まつだいらのぶつな》は、文史郎の遠い親戚にあたると聞いたことがある。

文史郎は小島に向いた。

「小島、ともかく、ほかの五人について、やはり十文字の斬り傷があるか、殺された折の様子を調べてくれぬか」

「分かりました。やってみましょう」

「それから、七人の経歴だ。これまで、どんなことをしていたのか知りたい」

「なぜ、経歴もなのでしょうか？」

「殺された七人に何か共通の経歴があるような気がする。白頭巾は、それに絡んで復讐をしているのかもしれないからだ」

「分かりました。調べてみましょう。それがしに、お任せを」

小島は大きくうなずいた。

二

猪牙舟を下りると、牛込の大瀧道場は目と鼻の先にあった。

文史郎はふと途中の八幡神社の前で足を止めた。

神社の境内の森は蟬時雨《せみしぐれ》が横溢《おういつ》していた。

文史郎は足を鳥居に向けた。

「殿、どちらへおいでになられるのです」

「爺、黙ってついて参れ」

文史郎は八幡大明神に参拝したのち、裏手の薄暗い森の中に足を踏み入れた。

稲荷の小さな社《やしろ》があり、その前に疎《まば》らにしか下草が生えていない空き地がある。

文史郎は刀の鯉口を切り、すらりと刀を抜いた。

文史郎は杉の木立を敵兵に見立て、青眼に構えた。

キエーッ。

気合いもろとも刀を振り下ろし、正面の敵を斬る。返す刀で背後の敵に突きを入れ、左右の敵と斬り結ぶ。

再び青眼に戻り、今度は正面に突きを入れて、刀を引いて八相に構え、左右から寄ってくる敵を斬る。流れるように形《かた》を演じはじめた。

心形刀流《しんぎょうとうりゅう》五十七形。

文史郎は無心に刀を振るい、軀で覚えている形の動きを演じていく。

左衛門も、何もいわず、近くで同様に刀を抜き、木立を相手に形を演じた。

小野派一刀流《おのはいっとうりゅう》五十二形。

半刻（一時間）も、真剣で形を演じるうちに、それぞれ全身汗びっしょりになる。

文史郎は、最後に裂帛《れっぱく》の気合いを掛け、正面の敵に刀を切り落とし、残心の構えに入った。それから、ゆっくりと刀を鞘に戻す。

ついで、左衛門も同様に鋭い気合いを掛けて、残心の構えを取ると、静かに刀を鞘に納めた。

文史郎も左衛門も、それぞれ、杉の木立ちに居る山の神様に深々と頭を下げた。

懐から手拭いを出し、額や首筋、胸、腋の下の汗を拭った。

道場での袋竹刀や木刀を振るっての掛かり稽古や稽古試合もいいが、時には重い真剣を振るっての一人稽古も軀にはいい。真剣で斬り結ぶ実戦の感覚は、道場での稽古だけでは養えない。

「お疲れさまでござった」

左衛門が文史郎にも一礼した。文史郎も左衛門に返礼した。

「お疲れさま」

それまで耳に入らなくなっていた蟬時雨がようやく耳に戻った。

半刻でも何も考えずに無心でいられたことで、これまでの有象無象《うぞうむぞう》の邪念をすべて振り払った。思考も軀も、まっさらな清水で洗い流したかのようにすっきりとした。

文史郎は手拭いで首筋の汗を拭いながら、強い視線があたるのを感じた。一人稽古をしているときから誰かが見ている。

「爺、……」

文史郎は低い声で爺に注意を促した。

視線がなおも強くなった。殺気が交じった剣気だ。

「はっ、殿」

左衛門も気付いた様子だった。

八幡大明神の社の方角から、何者かが文史郎と左衛門を監視している。

文史郎はさりげなく社に目をやった。

だが、その直前に、ふっと視線は消えた。

「爺、見たか」

「はい。そういえば、殿と爺が真剣を振るっているのを、社からじっと見ている人影がありました」

「気付いておったのか？」

「なんとなく。ですが、害意を感じなかったので」

左衛門は社の方角を透かし見るような仕草をした。

左衛門はさすが小野派一刀流大目録だけある。

「参るぞ」

文史郎はゆっくりと社の方角に向かって歩き出した。

左衛門は油断なく左右や背後に気を配りながらついて来る。

木陰から明るい境内に出ると、灼熱の太陽が頭上から照りつけていた。暑さがどっと押し寄せて来る。

境内の参道側では町内の若い衆が、祭りの提灯を下げ、飾りつけをしていた。

境内の中央に太い丸太を組み上げ、櫓《やぐら》を建てようとしていた。

文史郎と左衛門は歩きながら、あたりを見回した。

怪しい風体《ふうてい》の者は見当らない。

社付近を駆けずり回っているのは、近所の子供たちの一団だった。

「おりませんな」

「気のせいだったかな」

「いや、殿、確かにおりました。爺も感じましたから」

「何者かの？」

「いずれにせよ、それがしたちの動きを警戒する輩《やから》に違いありますまい。今後は、爺ももっと気を付けます」

「うむ。余も気を付ける。では、爺、道場へ参るとするか」

「はい」

左衛門はうなずいた。

文史郎と左衛門は、あらためて八幡大明神に参拝し、大きな柏手を打った。

大瀧道場の玄関先や武者窓の周りには、人だかりができていた。

瓦版屋らしい風体の男たちが押し合い圧《へ》し合いしながら、武者窓から中の様子を窺っている。絵師らしい男が筆を紙に走らせて似顔絵を描いている。

「何ごとですかな？」

「爺、ちと見て参れ」

左衛門は急ぎ足で武者窓の人だかりの間から道場の中を覗いた。

「へい、爺さん、押すのはやめてくれよ。ここはおれの場所でえ」

瓦版屋の若い衆が左衛門に文句をつけかけたが、侍だと分かると、すぐに引っ込んだ。

「何ごとだ？　中で何があったのだ？」

「立ち合いだよ。それも、ただの立ち合いではねえ。これはという美女の道場破りと、江戸屈指の美人道場主の立ち合いが、これから始まるってえところだ」

「なんと……」

左衛門は踵を返し、慌てて文史郎の方に駆け出した。

瓦版屋が左衛門の背中に声をかけた。

「爺さん、この続きは明日の読売をとっくりと見てくんねえ。絵入りで、美女対決のあらましをたっぷりと書いてあるからよう」

「殿、殿、どうやら、摩耶姫が道場に来た様子です」

左衛門はばたばたと文史郎のところへやって来た。

「そうか。大門の特効薬が来たか。爺、すぐに長屋へ戻って、大門に報せてやれ」

「はい。しかし、間に合いますかね」

「もし、立ち合いは終わっても、大門が来るまで、余が摩耶姫を引き止めておこう。大門のためだ。急いで報せてやってくれ」

「はい。……仕方がない。大門殿のためですな」

左衛門は溜め息をつき、あたふたと掘割の船着き場に向かって駆け出して行った。

文史郎は弥生と摩耶姫の立ち合いが気になった。

大門を打ち負かすほどだから、摩耶姫の剣術の腕はかなりのものだ。大瀧派一刀流皆伝の弥生と、十文字剣法の摩耶姫の立ち合い。瓦版屋でなくても、興味は湧く。

もちろん、文史郎は弥生を応援しているが、大門が恋煩いになるほど慕っている摩耶姫も一目見てみたい。

文史郎が道場の玄関先に行くと、野次馬たちを追い払おうとしている門弟たちが口々にいった。

「お殿様が御出でになったぞ」

「お殿様、こちらへどうぞ」

「開けろ。お殿様に道を開けろ」

その声に野次馬たちは文史郎の前をさっと開けた。

「御免」

文史郎は礼をいい、野次馬の間を抜けて、道場の玄関先に入った。門弟たちが足洗いの桶を運んできた。

「立ち合いは、もう始まっておるのか？」

「ただいま始まったばかりでございます」

文史郎は足を洗い、雑巾で滴を拭い、式台に上がった。

道場はしんと静まり返っていた。

見所には高弟たちがずらりと並び、ほかの三方の壁際に門弟たちが背をつけて並んで、道場の中央で立ち合っている二人の一挙手一投足を見守っている。

判じ役の武田広之進が、二人の対決者からやや離れた位置に立ち、じっと立ち合いを睨んでいる。

文史郎は門弟たちに間を開けてもらい、道場の出入口の敷居に腰を下ろした。

見所に行かずとも、その位置なら、二人のちょうど中間になり、対面に立つ判じ役の武田広之進と同じ目線で二人の立ち合いを見ることができる。

弥生と、摩耶姫と思われる女剣士は、互いに相青眼に構えて動かなかった。

得物は袋竹刀ではなく木刀。

文史郎は一瞬、これはただの立ち合いではなく、真剣同様の勝負だと悟った。負けた方は、死ぬか、運よく助かっても、かなりの重傷を負う。肩を砕かれ、一生片手が動かなくなるか、半身不随になりかねない。

弥生はなんてことを、始めたのだ！

文史郎は、なぜ、もっと早くに駆け付けなかったのか、と悔やんだ。しかし、もはや、立ち合いが始まった以上、簡単には止めようがない。

弥生は青い稽古着に白い襷をかけ、紺青《こんじよう》色の袴姿だ。下げ髪をひっつめにして後ろに回し、束ねて白い布紐で結っている。額には白い鉢巻きをきりりと締めている。

弥生の立ち姿は凛凛《りり》しく、まるで少年剣士のように精悍な気迫に満ちていた。

一方の摩耶姫は白い稽古着に赤い襷をかけ、白い袴姿だ。やはり下げ髪をひっつめに後ろに回し、束ねて朱色の布紐で結っている。額には赤い鉢巻きを締め、眼光鋭く、弥生を見つめている。

摩耶姫を一目見て、文史郎は心中唸った。

美しい。弥生とまったく甲乙つけがたいほど、美しさでも拮抗《きつこう》している。

摩耶姫も、弥生に勝るとも劣らない凛凛しさに輝いている。

色白の肌が上気して薄桃色を帯びている。その艶やかさは、見る者の胸にさざ波を立てる。うなじには、逆立った産毛《うぶげ》が見えた。

なるほど、大門が一目惚れしたのも無理はない、と納得した。

間合いは二間（約三・六メートル）。

一足一刀の斬り間に入る寸前で、二人は静止したまま、動かないでいる。

門弟たちはしわぶき一つ立てずに、立ち合う二人に見入っている。彼らが見惚れているのは立ち合いの凄さだけでなく、二人の美しい女剣士の立ち居振る舞いの優雅さだった。二人は、死をかけて舞踏を舞っているのに、見ている者は、それを意識していない。

文史郎の傍らに、いつの間にか、藤原鉄之介が滑り込むようにして座った。

「いったい、どうなっておるのだ？　袋竹刀でなく木刀を使うとは言語道断……」

文史郎は藤原鉄之介に囁いた。

藤原が囁き返した。

「すべては弥生様が望んだことです」

「なんという愚かなことを」

「双方とも真剣でとなり、慌てて師範代が止めに入り、二人をなんとか説得して、木刀での立ち合いで、ということになりました」

弥生は目を怒らせていた。全身から殺気が迸《ほとばし》っている。いつもの冷静な弥生ではない。何が弥生を怒らせたというのか？

まさか摩耶姫が大門を打ち負かし、恋煩いに陥らせたのを怒ったというのか？

大門が弥生に惚れているのは、弥生も知っていた。それだけに大門を取られたことに腹を立て、女の意地をかけて、摩耶姫を打ち負かして大門を取り戻そうとしているのか？

そんな馬鹿な。

弥生は、そんな愚かな女子ではない。弥生が余を慕っているのは、うすうす分かっていた。大門に惚れているのではない。

文史郎は、そう思いながら、ふと不安を覚えた。

弥生も女だ。己を慕う男が一人でも減るのは許せないのかもしれない。あるいは、ひょっとして、弥生はほんとうは大門を慕っていたのが分かったのかもしれない。そうなると、余はどうなるのだ？

文史郎の心は千々に乱れた。

対する摩耶姫も顔を紅潮させ、怒気を孕《はら》んでいる。こちらも全身から岩をも貫くような殺気を放っている。

これではただでは済みそうもない。

「はじめ、二太刀、三太刀、様子を見るように互いに打ち合いました。その後、弥生様が、上段から飛び込みざまに打ち込み、対する摩耶姫様は下段からすりあげるようにして太刀を切り上げた」

「ふむ」

藤原は問わず語りに文史郎の耳に囁いた。

「弥生様は摩耶姫の太刀を弾き返し、摩耶姫の懐に飛び込んで、木刀を突き入れようとする。それを摩耶姫は太刀で切り落とし、斜めから斬ろうとした」

「ほう」

文史郎は藤原の解説を聞きながら、目の奥で二人が舞うように斬り結ぶのを想像した。

白と青と赤の乱舞。

美しい天女のような女体が、意地と死をかけて斬り結んでいる。それを頭の中で想像するだけで、まるで目の前で見てきたように、躯が熱くなって来る。

「互いに隙がなく、あのように睨み合う形になってから、はや小半刻（約三十分）にもなりましょうか」

「うむ」

文史郎は双方の女剣士の構えを見比べた。

どちらも微動たりともしない。弥生の木刀も摩耶姫の木刀も、相青眼に構えたままだが、互いにわずかでも隙がないか、と窺っているのだ。

弥生の額にほつれ毛が二、三本汗で貼りついている。対する摩耶姫の頬にもほつれ毛が汗にまみれて貼りついていた。

互いに色気でも互角。

弱ったなあ、と文史郎は思った。

弥生に勝たせたいものの、摩耶姫を傷つけたくもない。

下手《へた》に仲裁しようとしても、この様子では双方とも受け入れないだろう。だが、放っておけば、きっと何かのきっかけで打ち合いになり、どちらかが勝つ。

もし、相討ちとなれば、弥生も摩耶姫も怪我をする。双方とも重傷ということもある。

はてさて、いかがいたしたものか。

門弟たちは固唾《かたず》を飲んで、立ち合いの様子を見守っていた。

玄関先が俄《にわか》に騒がしくなった。

「お待ちくだされ」

「いや、通してくだされ」

門弟たちが誰かを止めようとし、言い合う声が響いた。

争う声は急にやみ、式台をばたばたと急ぐ足音がした。

やがて白髪混じりの頭をした老侍が文史郎の脇に転がり込み、しゃがみ込んだ。

「……姫、爺に無断で、なぜ、このような立ち合いをなさるのですか？　大事《だいじ》を前にして、なんということを」

老侍は両手をついて嘆いた。

藤原鉄之介が老侍の傍に寄り、何ごとか囁き、慰めている。

老侍が涙声で訴えても、まったく摩耶姫は見向きもせず動かなかった。

対する弥生も、ぴたりと太刀先を摩耶姫の左目に宛てたまま微動もしない。

青眼の構えは、攻撃、防御、どちらにもすぐに切り替えることができ、さらに長時間相対しても疲れない、最も自然な構えである。

かといって休んでいるわけではない。互いに無我の境地に入り、相手のどのような動きにも即応して反撃できる体勢だ。

これは、長い睨み合いになるぞ、と文史郎は思った。

摩耶姫の傳役らしい老侍も、止めるのを半ばあきらめ、立ち合いの様子を眺めはじめた。

道場の中は、水を打ったように静寂が支配していた。

どちらか、痺れを切らして先に動けば、瞬時に決着がつく。体力勝負の立ち合いになった。

再び、玄関先で騒《ざわ》めきが起こった。

「大門先生だ」

「大門先生が御出でになった」

お、大門め、ようやく参ったか。

文史郎は立ち合いから目を離し、振り向いた。

門弟たちに抱えられた大門の髯面が見えた。大門は門弟たちの手を振り払い、式台に上がると、道場の方へよろめき入って来る。後ろに左衛門の姿があった。

「殿、……」

大門は文史郎の脇に倒れ込むように座った。

「おう、大門、ようやく来たか」

大門は髯に白髪が混じり、頬もこけていた。数日絶食したため、かなりやつれていた。

「………」

大門は腕組をし、立ち合う弥生と摩耶姫に目をやった。じっと二人を睨んでいる。

文史郎が何もいわずとも、大門は立ち合いの様子を見て取ったようだった。

左衛門が文史郎の後ろに座り、そっと耳に囁いた。

「殿、大門殿は摩耶姫が道場に現れたと報せたら、すぐさま飛び起き、元気になりましたぞ。爺よりも早く、こちらに駆け付けた次第です」

「やはりな。現金な男だ」

文史郎は左衛門と顔を見合わせ、にんまりと笑い合った。

そのとき、摩耶姫の左足が静かに動き出すのが見えた。左に回りはじめた。同時にそれに応じて弥生の足も静かに動き、左に回りはじめる。構えは青眼のままだ。

青眼の構えから左八相に変わって行く。

文史郎は摩耶姫の構えの変化に、目が釘づけになった。

摩耶姫は左八相から、木刀を徐々に斜め中段に構え直し、ついで刃筋を返した。水平に横一文字を描くように動かして行く。

対する弥生も青眼から徐々に下段の構えに変え、木刀の刃先を下げて行く。そして、刃筋をくるりと変えて上向きにした。

文史郎ははっとした。見覚えのある構えだ。

秘太刀 霞隠《かすみかく》し。

弥生は摩耶姫の秘剣十文字剣に秘太刀霞隠しで応じようとしている。

はたして、摩耶姫は横一文字に動かした木刀を上段に振り上げた。今度は縦一文字を描くように振り下ろしはじめた。

文史郎は息を飲んだ。

大門も正座した身を前に乗り出した。

摩耶姫の木刀の切っ先が真下まで下りぬうちに、相手は無意識のうちに誘い込まれ、思わず打ち込んでしまう。大門はそういっていた。

はたして、弥生も摩耶姫の魔の誘いに乗せられて無意識に打ち込むか？

それとも、弥生は誘いに耐えて踏み止まり、逆に秘太刀霞隠しに摩耶姫を引き込むのか？

どちらにしろ、一瞬にして、双方、どちらかに決着がつく。

文史郎は、二人の秘剣の太刀筋を見極めようと、膝を乗り出した。

じりじりと摩耶姫の木刀の切っ先が縦一文字を描きながら中段まで下がり、いよいよ下段に移って行く。

弥生は下段に木刀を構えたまま、すり足で間合いを詰めはじめた。同時に流れるような所作で、木刀の刃筋はそのままに、木刀を左脇に移しはじめる。木刀は弥生の軀にぴったりと引き寄せられた。

文史郎は息を詰めた。

正対する摩耶姫からすれば、弥生の木刀は軀の横に隠れて見えなくなる。

これが秘太刀霞隠しの極意。

では、次はどうするのだ？

摩耶姫の木刀が下段まで下がると同時に、くるりと刃筋が変わり、刃が弥生に向けられた。なおも木刀は下がって行く。

弥生の軀がすすーっと摩耶姫に向かって動きはじめた。

その瞬間、大門の軀が飛鳥《ひちょう》のように跳び、弥生と摩耶姫の間に割って入った。

「待てッ！」

弥生の木刀はくるりと回転し、横殴りに大門の軀を斬る形で止まっていた。

摩耶姫の木刀は下段から大門の軀を下から斬り上げる格好で、これまた止まっていた。

どちらも寸止めだった。

「弥生殿、摩耶姫様、お待ちくだされ。双方ともお引きくだされ」

大門は双方の木刀を握り、動きを止めた。

「大門、放せ！　邪魔するな」

弥生の怒声が響いた。摩耶姫も怒った。

「何をなさる。そこを退きなされ。邪魔でござる」

「おのれ」

「まだまだ」

弥生も摩耶姫も互いに飛び退《すさ》って、相八相に構えた。

「待て待て！　双方、そこまで」

師範代の武田広之進が大声で叫んで、二人の間に割って入った。

大門は両手を拡げ、摩耶姫を背後に庇うようにして弥生に向いた。

「弥生殿、ぜひに、お待ちくだされ」

思わず文史郎も弥生に駆け寄った。

「弥生、もういい。この立ち合い、余に預けよ」

文史郎は弥生の軀を優しく抱き、木刀を取り上げた。

「殿……」

　弥生は哀しげに文史郎を見上げた。

「あとは余に任せよ」

　文史郎は弥生にいい、摩耶姫に向き直った。

　大門が摩耶姫を両手で押さえていた。

「摩耶姫、ともかくお待ちを」

「そこもと、退け。退かぬか」

　摩耶姫は怒りで白蠟のように蒼白になった顔を歪め、大門を押し退けようとしていた。

　文史郎は摩耶姫にいった。

「摩耶姫とやら、これ以上まだ立ち合いをなさるというなら、拙者がお相手いたす」

　白髪頭の老侍も摩耶姫に駆け寄り、足許に平伏して止めていた。

「姫、これ以上はおやめくだされ。続けるのは……に反する行ないです。……」

　老侍は何ごとかを摩耶姫に囁いた。

「…………」

　摩耶姫は憤然としながらも、やっと木刀を引いた。顔に血の色が戻りはじめていた。

「爺、引き揚げますよ」

「はい」

老侍は大門、文史郎、弥生、左衛門に頭を下げ、感謝の言葉を並べた。

摩耶姫は赤い鉢巻きを解き、襷も外した。怒りに燃えた顔で弥生にいった。

「この続き、いつか必ず」

「喜んで、いつでもお相手いたす」

弥生も文史郎を押し退けていった。

「さすが、弥生様だ」

門弟たちがどよめいた。師範代の武田広之進が門弟たちを諌めた。

「静まれ。稽古に戻れ、稽古に戻るんだ」

門弟たちは渋々稽古の用意を始めた。

大門は、憤然として道場から出て行こうとしている摩耶姫を、しきりに宥めながら、姫について行こうとしていた。

「やれやれ、ですな」

左衛門が文史郎に頭を振った。文史郎はうなずいた。

「一時は、どうなるか、と思った」

弥生の周りには、武田広之進をはじめ、藤原鉄之介や高井真彦、佐々木三郎らが集まり、弥生を宥めている。

弥生も鉢巻きを解き、襷も外していた。

左衛門が囁いた。

「殿、この勝負、どちらに軍配が上がると見てましたか？」

「五分五分かのう。相討ちで終わるかと思ったが。爺はどうだ？」

「爺が見るところ、弥生様が六分で勝ち。ですが、真剣だったら、もしかすると、摩耶姫ではないか、と」

「ふうむ。そうかのう。余は、その逆のような気がする」

「なぜですか？」

「理由はない。直感で、そう思うだけだ」

文史郎は言い訳がましくいった。本当は、そうあってほしい、と思っただけだった。

弥生が敗けて死んだらと思うと、居ても立ってもいられなかった。いつの間にか、文史郎にとって、弥生がほかの女に替えられぬ存在になっているような気がしていた。

「いやあ、参った参った」

大門が頭を掻きながら戻って来た。

文史郎はからかうようにいった。

「どうだ、病は治ったか？」

「なんの病でござるか？　それがしはいたって元気ですぞ。腹も空いているし」

大門は髯をしごきながらいった。左衛門が笑った。

「殿、やはり特効薬の効き目はありましたな。いつもの大門殿に戻っているではないですか」

文史郎はにやつきながら大門にいった。

「大門、摩耶姫と何を話した？　聞かせろ」

「殿、聞くのは野暮《やぼ》というものですぞ」

「いいではないですか。大門殿は、殿や爺に、だいぶ心配をかけたのだから」

「ははは。ちょっと礼をいわれただけですよ」

大門は頭を掻いた。

「礼？　なんの礼だ？」

「ですから、相討ちを覚悟して打ち込もうとしていたところへ、よくぞ身を挺して二人の間に飛び込んでくれたと」

大門は照れたようにいった。

「それなら、それがしも、大門殿にお礼をいいましょう」

いつの間にか、近くにいた弥生が大声でいった。

「いやいや、弥生殿にまでいわれては、恐縮します」

「ですが、いったい、なんですか。私は、大門殿の仇を討つつもりで立ち合っていたというのに、大門殿は割って入ったあと、あちらさんの味方をなさって」

「そんなことはないと思うが」

大門は頭を掻いた。

「でも、なぜか大門殿は姫を背で庇うようにして、私の前に立ち塞がったではないですか。あれは、いったい、どういうことです？」

弥生は黒目がちの瞳でぐいっと大門を睨んだ。

「まあまあ、弥生、大門を許してやれ。その代わりに拙者がおぬしを庇ったではないか」

文史郎が大門に助け舟を出した。弥生はふっと頬を赤らめた。

「どうして、殿は私を……」

「まあ、なんだ、弥生が怪我をされたら、この道場が立ち行かなくなるからのう」

「それだけの理由ですか」

弥生はむっとした顔になった。

「まあまあ、今日のところは、それまで、ということで」

左衛門が気を利かせて文史郎と弥生の間に立って入った。

大門が弥生に頭を下げた。

「弥生殿、腹が減って腹が減って、目が回り、もう立っておれません。どうか、機嫌を直し、それがしに飯を食わせていただけませんかの」

「悪い。拙者もだ」

文史郎も弥生に頭を下げた。

「拙者も」と左衛門もいった。

「まあ、みなさん、まるで腹を空かした子供みたいですね」

弥生は苦笑した。ようやく弥生の顔から厳しい表情がなくなり、いつもの弥生に戻っていた。

三

暑い。くそ暑い。

肌をじりじり焼くような夏の陽射しが照りつけている。

掘割の岸に植えられた柳の木陰にいても、砂利道からの照り返しで、暑さから逃げようがない。

文史郎は扇子をばたばたと扇ぎ、小島啓伍を待っていた。

「殿、来ましたぞ」

掘割の岸辺に立っていた左衛門が手を上げて文史郎に知らせた。

見ると、掘割の水面に一隻の屋根舟が近付いてくる。舳先《へさき》に立った小島啓伍が手を振った。奉行所が仕立てた舟だ。

屋根舟は船着き場の小さな桟橋に横付けになった。

文史郎と左衛門は急いで屋根舟に乗り込んだ。

「暑いですなあ」

小島はいい、屋根舟の中へ文史郎を案内した。

障子を開け放った屋根舟の中は、掘割の水面から入ってくる微風で、さすがに陸地よりは涼しく感じる。

「殿、こちらへお座りください」

「うむ、ここは涼しいのう」

文史郎は陽射しが入って来ない窓側に座った。

左衛門は陽があたる側に座り、障子を閉めた。それだけでも、暑さはだいぶ和らぐ。

「船頭、やってくれ」

小島は船尾にいる船頭に声をかけた。

「へい」

船頭は櫂《かい》を漕ぎ出した。

舟はゆっくりと水面を滑りはじめた。

小島は文史郎の前に座り、薬缶の麦茶を湯呑み茶碗に注いだ。

「大門殿のご様子はいかがでござる?」

「ああ、あいつか。すっかり立ち直った。いまごろは大瀧道場で、門弟たちに稽古をつけておろう」

文史郎は頭を振りながらいった。左衛門が脇から口を出した。

「特効薬があんなによく効くとは思いませんでしたな」

大門の恢復《かいふく》ぶりは目を瞠るものがあった。

道場から長屋へ帰ると、大門はこれまで絶食した分を取り戻そうとでもするかのように大飯を食らい、お福やお米を驚かした。

大門は、日に日に、目に見えて元気を取り戻し、三日も経ったら、すっかり元の大門に戻っていた。

大門が元気になった理由には、摩耶姫から礼の言葉だけでなく、謝礼として額に巻いていた赤い鉢巻きや朱色の襷を貰ったこともあった。

大門は、それらを後生大事に懐に忍ばせ、時にそれらを出しては、姫の移り香が残っている鉢巻きや襷布を鼻にあてて嗅いではにやにや薄笑いをする。

摩耶姫も罪作りなことをしたものだ。

さらに問わず語りに大門が自慢していったことによると、ぜひ、摩耶姫の家臣にしてほしい、と頼んだという。

姫はじっとしばらく考えていたが、いますぐは無理だが、一段落したならば、きっと家来にしようと約束してくれたというのだ。

摩耶姫が、どこの家中《かちゅう》の姫なのか、まだ分からないというのに。大門はそんなことはどうでもいいらしい。

舟が走り出すと、涼風が舟に入ってくる。

「大門殿も手伝ってくださるのでしょうな」

「もちろんだ。そのために、稽古で汗をかいて軀を絞っているところだ」

左衛門が脇から口を挟んだ。

「ところで、小島殿、本日は、どこへ行くというのですかな?」

「亡くなった大槻弦之丞殿の御新造《ごしんぞ》のところを訪ねます」

「先方には、殿が行くことを伝えてあるのだろうな?」

「はい。伝えてあります」

文史郎が訊いた。

「御新造を訪ねる前に、大槻弦之丞について、おおよそのことを聴かせてほしい」

「はい。もちろんです」

小島はうなずき、手元の帳面を開いた。

最初にあたることにしたのは、四人目の犠牲者である大槻弦之丞、仙台藩元中老だ。

大槻弦之丞については、初めに町方役人が現場に駆け付け、身許などを調べたので、おおよそ事件の概要が分かっている。

大槻弦之丞が所属した陸前仙台藩は禄高六十二万石。実質百万石の大藩である。

仙台藩は、伊達《だて》家を中心にした大名数家の寄り合い連合で、さながら小幕府の形態を取っていた。

仙台藩には、八等級の序列になった厳しい身分制度があった。

頂点にいるのは、伊達家をはじめとする大名数家の一門。ついで、その大名家に繋がる一家、準一家。その下に、一族という身分があり、さらにその下には、宿老、着座、太刀上げ、召出《めしだし》と呼ばれる序列の低い下級武士の身分がある。

仙台藩は、徳川幕府に服従してはいるが、広大な領土を有しており、事実上「奥州国」ともいうべき存在だった。

「仙台藩では、一門、一家、準一家の出自《しゅつじ》でなければ、よほどのことでもない限り、出世は望めず、藩の要路にはなれません。下級武士が上士を抜くような下剋上《げこくじょう》は、認められない藩なのだそうです」

小島啓伍はいった。

文史郎が訊いた。

「なるほど。で、大槻弦之丞は、どういう序列の身分にあったのだ？」

「宿老の出ということでした。宿老の身分では、どんなに出世しても、せいぜいが組頭まで。宿老の大槻弦之丞が、藩の要路である中老にまで上がれたというのは、異例中の異例な出世です」

通常、中老は家老に次ぐ重職である。

「どうして、大槻弦之丞は、そんな異例な出世ができたのだ？」

「大槻は若いころから学問好きで、頭がよかった。それで藩主に認められ、江戸や長崎で蘭学を修めたそうです。しかし、藩では出世が望めないというので脱藩。それを見て幕府は、御用蘭学者として彼を召し抱えた。大槻は幕府のために、その手腕を振るった」

「ほほう、どんな御用蘭学者だったのだ？」

「金や銀、銅の鉱脈を見付ける鉱山術を学んだらしいのです。それで、幕府のため、大槻は全国各地の山野を巡り歩き、金脈、銀脈を探したらしい」

「なるほど。たしか蘭学には地質を調べたり、鉱山を開発する学問があると聞いておったが、それをやっていたのか」

「それを知った仙台藩の家老が、大槻弦之丞を訪ね、脱藩したことは咎めないから、藩に復帰して、今度は藩のために鉱山開発をしてほしい、と要請した。しかも、大槻弦之丞を準一家の身分として遇する、といったらしい」

「それで、大槻弦之丞は仙台藩に戻ったのだな」

「そうです。そして、中老にまで上ったが、数年前に引退し、江戸へ戻った。そして、再び幕府のため学塾で鉱山学を教えていた」

「その大槻弦之丞が、どうして、白頭巾に襲われたのであろうかのう？」

文史郎は訝った。小島はうなずいた。

「もしかすると、御新造が何か知っているのではないか、と」

「うむ。知らぬまでも、何か手がかりになることを存じておるかもしれぬな」

「はい」

「大槻が襲われた様子は分かっているのか？」

「はい。大槻弦之丞殿が、本所の料亭を出て、夜遅くの路地に差しかかったところ、月明かりの中、白装束に白頭巾の人影がいきなり物陰から現れた」

「ふうむ」

「辻斬り強盗と見たお供の中間《ちゅうげん》が大槻殿を守ろうとして前へ出たところ、白頭巾といっしょにいた、もう一人の影が現れ、中間に当て身を食らわせた。中間が気付いたときには、大槻殿は斬られて絶命していたそうです」

「その斬り傷は十文字だったのか？」

「はい。それがしたちも検分しました。確かに十文字の傷が残っておりました」

「白頭巾は、大槻たちに何か説教めいたことをいっておったのか？」

「白頭巾かどうかは分かりませんが、男の声で『悔い改めよ』と、それから『天の裁きを受けよ』とかいっていたそうです」

「……なに？　白頭巾かどうかは分からないが、男の声で、とはどういうことだ？」

「その中間の話では、白頭巾といっしょにいた黒い人影がいっていたような気がしたというのです。白頭巾は無言のまま立っていたが、その背後から声が聞こえたと」

文史郎は左衛門と顔を見合わせた。

「白頭巾がいっていたわけではない、というのか？」

「はい。そのようで」

小島はふと舟の外の風景に目をやった。

「ああ、まもなく着きます。そこからは徒歩で参ります」

屋根舟はお茶の水を過ぎ、水道橋の手前の小さな船着き場に横付けされた。

舳先に座っていた小島啓伍が岸に上がり、文史郎と左衛門が続いた。

石段を上がると広場になっていた。左手に水戸《みと》殿の広大な上屋敷の築地塀《ついじべい》が延びている。

右手に大小さまざまな武家屋敷が並んでいた。

小島は先に立って歩いた。水戸殿の築地塀沿いの道を進む。

左衛門が後ろから文史郎にいった。

「殿、殿もそろそろ、あの狭苦しい貧乏長屋から、このあたりの屋敷に移ってはいかがでしょうかな?」

「爺、あのごちゃごちゃしたところが、いいのではないか。気楽で、のんびりできる。こちらの屋敷町は、静かではあるが、隣が何をする人か分からない。そんなのは寂しいぞ」

文史郎は薄い壁越しに聞こえる赤ん坊の泣き声や子供たちを叱るお福の声、夫婦喧嘩が絶えないお米の怒鳴り声を思い出していた。

小島が立ち止まり、振り向いた。

「殿、白頭巾が出たのは、この路地です」

築地塀の傍に、松の木が一本枝を拡げている。その木陰に小さな稲荷の社があった。

文史郎は空を見上げた。昼間なのに、青空の中に薄く半月の影がかかっていた。

白頭巾は、この松の木の陰に潜み、大槻弦之丞たちが差しかかったときに出たのであろう。

「大槻弦之丞の家は?」

「この路地を折れて、およそ一丁ほど行ったところです」

小島は先を指差した。

通りすがりの武家の女と、お供の小者が文史郎たちに頭を下げて通り過ぎた。文史郎も礼を返した。

小島に案内され、文史郎は路地に入った。閑静な武家屋敷が両脇に建っている。

一丁ほど行くと、ずらりと冠木門が並んだ一角に入った。小島は中程の冠木門《かぶきもん》の前で足を止めた。

「こちらでござる」

小島は冠木門をくぐり、開け放った玄関の前で訪《おとな》いを告げた。

家の中から男の声の返事があった。やがて若侍が現れ、式台に正座し、頭を下げた。

「お待ちしておりました。ようこそ、お越しくださいました」

「お邪魔をいたす」

「御免」

文史郎と左衛門、小島は、若侍にお辞儀をし、草履を脱いで式台に上がった。

四

文史郎は仏壇の真新しい位牌にお線香を上げ、大槻弦之丞の冥福を祈った。

左衛門も小島も、仏壇に手を合わせた。

仏壇の前に座った御新造の晶子《まさこ》は、突然の夫の死に、すっかりやつれ、焦燥しきった顔をしていた。

だが、武家の女らしく、晶子は文史郎たちの前では、ときに笑みさえ浮かべて、気丈に振る舞っていた。

若侍は一人息子の岳之進《たけのしん》で、そんな母親を気遣ってか、己がしっかりせねば、という気負いが見て取れた。

いい息子だ。親子の絆もしっかりしている。

そんな親子に尋ねるのは気の毒に思ったが、心を鬼にして訊いた。

「御新造、こんなことを訊くのは、拙者も辛いが、ご主人が恨まれるようなことはなかったでござろうか？」

「……主人が他人様《ひとさま》に恨まれるようなことをしたというのですか？」

「相談人様、父上は絶対に他人に恨まれるようなことはいたしておりませぬ」

岳之進が怒りに震える声でいった。

文史郎は岳之進を宥めた。

「岳之進、それがしも、お父上が恨まれるようなことはしないと信じている。だが、人は善意でしたことであっても、他人に恨まれることがある。知らないうちに、他人の恨みや嫉《ねた》みを買うこともある」

「…………」

「いいかな。それがしたちは、お父上を斬った白頭巾をなんとしても捕まえ、仇をとりたい。そのために尋ねておるのだ。お父上を非難するつもりは毛頭ない。そのことは分かってくれ。いいな」

「そうですよ、岳之進。私も旦那様が何か悪いことをしたとは考えておりません。でも、何かで恨みを買うことはありえます」

「……母上、相談人様、分かりました。ぜひとも、父上を斬った白頭巾を捕まえ、それがしも一太刀でも浴びせたい」

岳之進はぽろぽろと涙を溢《こぼ》した。慌てて腕で目を拭った。

「御新造、いかがかな？　何か思い当たることはないだろうか？」

「恨まれるとすれば、仙台藩の要路に恨まれているかもしれません」

「と申すと？」

「旦那様が幕府の御用学者だったころ、奥州の山々を調査して歩き、北上川上流の一の関近くの山間地に金鉱脈があると幕府に報告したことがあったのです。幕府は旦那様の進言を受け、仙台藩に掛け合い、その山間地を里ごと買い上げ、天領にしたのです」

「なるほど。それで？」

「仙台藩の要路たちは、その山間地はとっくに調査済みで、金鉱脈などあるはずがない、と旦那様をただの山師扱いして、高《たか》を括《くく》っていたのです。ところが、旦那様のいった通り、金山が発見された。……」

そのため、仙台藩の要路たちは藩主から激しく叱責された。

もともと大槻弦之丞は仙台藩士ではなかったのか。直ちに大槻に会い、藩に呼び戻せ。

要路たちは藩主の激怒を受け、鳩首《きゅうしゅ》会議を開いた末、大槻弦之丞に頭を下げ、藩に戻るよう要請した。だが、大槻弦之丞は首を縦に振らなかった。

もし仙台藩に戻れば、厳しい身分制度の下、大槻弦之丞は下級武士の宿老に戻ることになる。それではなんのために脱藩してまで蘭学を学び、幕府に認められるほどの蘭学者になったのか。

大槻弦之丞は要路たちの要請を拒んだ。

脱藩した者は捕らえて死罪にしてもよいことになっていたが、幕府お抱えの御用学者となっている大槻弦之丞を捕まえることはできない。

もし、藩が大槻弦之丞を捕らえたら、今度は幕府が黙っていない。窮地に陥った要路たちが出した条件が、大槻弦之丞を上士の一族の身分で迎え、さらに鉱山開発を担当する中老として遇するから、ぜひに戻ってほしい、と懇請した。

大槻弦之丞は悩んだ末、幕府御用学者を辞して、藩に戻った。藩主は大いに喜び、藩領内をさらに隈無く探査し、金銀の鉱脈を見付けるように頼んだ。

大槻弦之丞は精力的に山野を探査して巡り、金銀の鉱脈の発見に努《つと》めたが、めぼしい成果を上げることはできなかった。

成果が出ないとなると、次第に、大槻弦之丞に対する不平不満がいずこともなく湧き出した。僻《ひが》みや嫉みから、いろいろと陰口をいわれるようになった。

もともと大槻弦之丞は藩の下級武士の分際で、しかも脱藩者だったのに、少しばかり蘭学の地質学に通じているからといって、一族の身分を与えられ、藩要路の中老にまで引き上げられるとはけしからん。

いまは天領とされているが、あの隠し金山はもともと仙台藩のものではないか。大槻弦之丞は領地内に見付けた金鉱脈を、わざわざ幕府に売り渡した裏切り者だ。

御新造の話は続いた。

「旦那様はじっと非難中傷に耐えておられたのですが、最後に藩の家老たちからも非難されるようになり、金鉱を見付けることができなかった責任を取って、辞表を出された のです。そして、再び藩を離れ、幕府の要請を受けて御用学者に戻ることになったのです」

「ふうむ。それで、藩要路たちから恨まれていたというのだな」

「さようにございます」

御新造は顔を伏せた。

「では、御主人を襲った白頭巾は、仙台藩が放った刺客かもしれないというのだな」

「ほかに恨まれるようなことはないと思います」

文史郎は左衛門や小島と顔を見合わせた。

小島がいった。

「もし、そうだったとして、白頭巾は、なぜ、大槻弦之丞殿だけでなく、幕府の要路を、しかも老中までも襲ったのでしょうか？　もし、白頭巾が仙台藩の刺客だったと分かったら、幕府は黙っていないでしょう。いくら仙台藩が大藩であれ、お取り潰しになるかもしれないし、軽くても藩主は転封にされかねない。仙台藩の家老たちは、そんな危険を犯すとは思えないのですが」

「……その白頭巾に幕府の老中様まで襲われたとおっしゃるのですか」

御新造は目を瞠った。

文史郎は小島にいった。

「御新造は、幕府の誰が襲われたのか、御存知ない。幕府もいっさい公表しておらぬからな」

小島もうなずいた。

「そうでございましたな。それがしたちも、ほかの被害者たちについて、まだ知らされて間もないのですから」

文史郎は御新造に向いた。

「実は、御主人以外にも六人が白頭巾に襲われておる」

「六人も」

御新造は驚いた。岳之進も身を乗り出した。

「どのような方々でございますか」

小島は文史郎を見た。

「どうしましょう？　公表してもいいですかね」

文史郎は小島にいった。

「構わぬ。余が責任は取る。教えてやってくれ」

「はい」

小島は六人の名前と役職をいって聞かせた。

芹沢征蔵。小普請組組頭。

四位孝之助。先手組組頭。

木暮伝兵衛。勘定奉行方吟味役

岩見正重。大目付方与力。

君島勲之介。寺社奉行方吟味物調役。

そして、老中安藤華衛門。

「…………」

御新造の顔色が変わった。文史郎は目敏《めざと》く訊いた。

「老中安藤殿を御存知なのだな？」

「はい。たしか旦那様は老中安藤華衛門様のご命令で奥州に赴き、金銀の鉱脈探しをしたはずです」

「そうか。そういうことか。で、ほかにこの六人の中に存じている方がいるのかな？」

「はい。芹沢征蔵様と木暮伝兵衛様は、旦那様と親しうございました」

「ほう、そうであったか」

「ただ、旦那様が奥州へ赴いたのは、いまから七年前のことでしたが、その当時のお二人のお役職は、いまのそれとはだいぶ違っていたと思います」

「当時の芹沢征蔵殿の役職はなんであった？」

「幕府の奥州奉行をなさっておられたと思います」

「ほほう。奥州奉行などという役職があったのか？」

文史郎は訝った。小島がうなずいた。

「聞いたことがあります。幕府の隠れ遠国《おんごく》奉行の一つに奥州奉行があったかと」

「どういう職掌なのだ？」

「奥州に点在する天領の経営を統括し、領民を取り締まる役割かと思いますが」

小島が説明した。

文史郎は頭を振った。

「どうも、よく分からんな。仮にもかつて奥州奉行に任じられた者が、いまは格下で無役に等しい閑職の小普請組組頭になっているというのはのう」

左衛門がにやっと笑いながらいった。

「殿、もしかして、芹沢は、何か失策をし、格下げ左遷されたのではないですかのう」

「なるほど、そういうこともあるな。御新造、何か、そのあたりのことは聞いておらぬか？」

文史郎は御新造に訊いた。御新造はうなずきながら応えた。

「私は江戸に残っておりましたので、奥州のことは詳しく知りませんが、金山を天領にするにあたり、地元の隠れ里の村人たちと揉め事が起こって大変だったという話は伺っておりました。うまく揉め事を治めることができず、芹沢様が困っていたと。芹沢様は、その責任を取らされたのかもしれません」

文史郎はふと気になった。

「地元の隠れ里の村人たちとの揉め事とな？　何があったのだ？」

「さあ、それは私も知りません。ただ旦那様もひどく頭を悩ませていたらしいのですが、私には一言もお話しくださらなかった」

文史郎は顎を撫でながら考え込んだ。

「小島、あとで調べておいてくれ」

「はい。承知しました」

文史郎は御新造に向き直った。

「もう一人、木暮伝兵衛殿の役職はなんであった？」

「木暮様は一度ならず、うちにお越しくださったことがあります。当時は、同じ勘定奉行の金山経営方をなさっていたと思いました。それで旦那様と新しい金山の開発を巡り、いろいろ相談なさっていたと思います」

「なるほど」

文史郎は御新造の話を聞きながら、一連の辻斬りや老中安藤華衛門暗殺事件の背後には、奥州の天領においての金山開発があるのではないか、と思うのだった。

五

道場の控えの間に門弟たちの人の輪ができていた。わいわいと騒いでいる。

「何ごとだ？」

大門甚兵衛は稽古を終え、手拭いで軀の汗を拭いながら、北村左仲に聞いた。

「誰かが読売から瓦版を買って来たんです」

「何が載っているのだ？」

北村はにやにや笑いながらいった。

「弥生様と摩耶姫の白昼の決闘の顚末《てんまつ》」

「ほう、昨日の立ち合いが載っているというのか」

「それも派手な立ち回りの挿し絵付きで」

「おもしろそうだな」

大門はのっそりと立ち上がり、控えの間の輪に近寄った。

「あ、大門先生」

「どれ、それがしにも読ませてくれ」

大門は輪の中にいた門弟から、瓦版を取り上げた。

「それ、五十文したんですが」

「けちけちするな。減るもんじゃなし」

大門は瓦版の派手な絵を見て、目を剝いた。

一面に歌舞伎役者絵風に二人の女武芸者が向き合い、木刀で打ち合っている。

片や弥生は、紺青の小袖に青袴姿。白鉢巻きに白襷。太刀を振り上げ、目を剝いて見得を切っている。

対する摩耶姫は白い小袖に白袴。赤い鉢巻き、赤い襷。摩耶姫は手拭いの端を口に啣え、太刀を下ろし、まるで見返り美人のように、振り向いている。

赤と白の源平合戦絵巻だ。

二人の女武芸者の足許に、黒髯を生やした侍が無様《ぶざま》に伸びている。

「もしや、これは……」

大門はむっとした顔で周囲を見回した。門弟たちは誰も答えず、みんな顔を背けて笑いを嚙み殺していた。

「……無礼な」

大門は腹立ち紛れに、二枚目の瓦版を開いた。

そこには、大きな月の下、白頭巾姿の侍が、大刀を振り上げ、供を連れた武家の前に立ち塞がっている錦絵が描かれていた。

『辻斬り出現す。侍六人を十文字斬り』の文字がおどろおどろしく書かれている。

大門は書かれている文を読んだ。

このところ、武家屋敷の辻に、月夜の晩に正体不明の白頭巾が出没し、これまでに六人の侍を斬り捨てた。

待ち伏せされて斬られた侍はいずれも、十文字の斬り傷がついていた……云々《うんぬん》。

「おい、この瓦版、ちと借りるぞ」

大門は門弟に一言断ると、その瓦版を引っ摑み、どたどたと足を踏み鳴らして見所に駆け寄った。

見所の席には、稽古着姿の弥生が正座し、門弟たちの稽古を眺めていた。

「弥生殿、これを御覧になられたか？」

大門は瓦版を弥生の前に突き出した。

「いえ。見ていません。何ごとです？」

大門は弥生と摩耶姫の立ち合いの絵を見せた。

「まあ。呆れた。なんですか、こんな破廉恥な……」

弥生は憤慨し、瓦版を摑んで破ろうとした。

「お待ちくだされ。間違い。こっちでござった」

大門は慌てて瓦版を引っ込め、代わって辻斬りの話が書かれている瓦版を出した。

「…………」

弥生は白頭巾の姿が描かれた絵を見ながら、瓦版に目を通した。

「そこに書かれている十文字斬りでござるが、もしや、あの摩耶姫の剣法と同じではなかろうかと」

「確かに、そうかもしれませんね」

「それがしは摩耶姫の十文字剣法に見事に打たれて敗《やぶ》れましたが、弥生殿は敗《ま》けなかった。あの剣法、立ち合ってみて、いかが御覧になられました？」

大門は笑いながら、頭の瘤があったあたりを擦った。

「大門様、ほんとうに敗れたのですか？」

弥生は疑い深そうに上目遣いに大門を見た。

「はい、確かに敗け申した。ほんとに見事に打たれ、気を失ったくらいだ」

大門は頭を掻いた。弥生はにっと白い歯を見せて笑った。

「わたしには、ほんとうのことをいってください。……もしかして、大門様は一瞬気を弛めたのでは？」

大門は頭をゆっくりと左右に振った。

「まさか。……しかし、なぜに、そうおっしゃるのか？」

弥生は思案気にいった。

「でしたら、おそらく摩耶姫が大門様に打ち込んだとき、咄嗟《とっさ》に力を抜いたとしか思いません」

「どういうことですかな？」

「袋竹刀とはいえ、あの気迫の摩耶姫に頭を打たれたら、瘤程度での怪我で済むはずがありません。大門様は頭の骨を割られ、いまごろ生死の境を彷徨《さまよ》っていたかもしれません」

大門は真顔になった。

「……そうでござったろうか？」

弥生はうなずいた。

大門は目を瞑り、立ち合いを思い出そうとした。

摩耶姫は自分に打ち込んだとき、咄嗟に力を抜いた？

弥生にいわれてみれば、そんな気もしてくる。

摩耶姫は打ち込みをわざと力を抜いた。同時に、大門もどこか気が弛み、手を抜いたような気がしないでもない。

いや違う。正確にいえば、ふと気付いたら、相手の誘いに乗って、無意識に斬り間に足を踏み入れていたのだ。

一歩でも斬り間に踏み込めば、必ず摩耶姫に打たれると分かっていたというのに

……なぜだ？

あの一瞬、自分は何を思っていたのだろうか？

打たれる寸前までは無心だった。

無心だったから相手の動きがよく見えていた。

なのに打たれる寸前、雑念が湧き、相手の動きが見えなくなった。

相手に対する同情のようなものが湧いたような気がする。

摩耶姫なら自分は打たれてもいい、という思いが脳裏をかすめた。

その瞬間、袋竹刀の鋭い一撃。

摩耶姫が袋竹刀を打ち込んで来るのを見て、大門ははっと体勢を立て直そうとしたが、もはや遅かった。

あのとき、心にかすめた感情は、いったい、なんだったのだ？

「大門様、……大丈夫？」

弥生の呼ぶ声が聞こえた。

大門は、はっとして我に返った。

門弟たちが打ち合う竹刀の音や、甲高い気合い、足で床を踏む音がどっと耳に飛び込んできた。

「大門様、いかがなされました？」

いかん。どうしたのか？

大門はほんの一瞬だが意識が飛んだように思った。

「……いや、なんでもない」

「大丈夫ですか？」

弥生が大門の顔を覗き込んだ。

「……もう大丈夫だ」

大門は弥生にうなずき返した。

「ところで、弥生殿は、あの摩耶姫の剣、なんと見られた？」

「摩耶姫の剣……」

弥生はしばし考えたのち、顔を上げ、はっきりといった。

「……邪剣です」

「邪剣ですと？」

弥生は真顔でいった。

「はい。亡き父も申していましたが、剣は人なりです。人の命を重んじ、活かしてこそ真《まこと》の剣。すなわち、活人剣でなければいけません。ですが、……摩耶姫の剣は、人の命を殺めるための剣、殺人剣です」

「殺人剣とな」

弥生はうなずいた。

「……摩耶姫と立ち合ったとき、妙な思いに捉われました」

「妙な思い？」

「摩耶姫の放つ気に深い哀しみと激しい憎しみを感じたのです」

「……ふうむ」

大門は弥生のいう意味がよく飲み込めなかった。

弥生は静かな口調でいった。

「摩耶姫の剣は、ただの殺人剣ではありません。死霊《しりょう》に動かされている魔剣です」

「死霊に動かされている魔剣ですと？」

大門は何を言い出したのか、と弥生の顔をまじまじと見つめた。

「ですから、容易に打ち負かすことのできぬ剣と見ました。打ち負かすとしたら、相討ち覚悟で斬り込まねばなりますまい。わたしは、恥ずかしながら、ふと摩耶姫と相討ちで死ぬかもしれないと思い、生まれて初めて恐くなりました」

弥生は顔を強ばらせた。

「どうして死霊に動かされている魔剣だと思われるのか？」

「……摩耶姫の木刀が、はじめ横に一文字を描き、ついで縦に下ろされるとき、姫の姿は消え、美しい花が咲き乱れるお花畑で、優しい天女がこぼれるような笑顔で手招きして私を誘うのです。私も思わず、その誘いに惹かれそうになりました」

「……なるほど」

大門も摩耶姫との立ち合いを思い浮かべた。確かに、摩耶姫の袋竹刀の刃先が横から縦に一文字を描くように下ろされるとき、何かに誘われる思いがした。その誘いに乗ったばかりに……。

弥生は続けた。

「その誘いに乗らずに、じっと堪えて踏み止まっていると、花や天女はいつの間にか、がらりと恐ろしい形相の死霊に変わったのです」

弥生は思い出すのも嫌といった風情で顔をしかめて頭を振った。大門は訝った。

「ほほう。死霊にねえ……」

「私が意を決して、その死霊を木刀で打ち払おうとしたとき、一瞬、摩耶姫の哀しみに満ちた顔を見たのです。だが、打たねば、私が打ち据えられる。それより、せめて相討ちに果てようと私の方から斬り間に踏み込み、木刀を振り下ろしたとき、大門様の影が飛び込んで来られた」

「それがしは二人を止めようと必死だった」

「でも、少しでも気付くのが遅れていたら、私の木刀も摩耶姫の木刀も大門様を打ち据えていたことでしょう」

「それは覚悟の上でござった。我が身はどうあれ、お二人の争いを止めたかったのです」

「お陰で一瞬にして打ち気を削がれ、私も摩耶姫も木刀を止めた」

「お二人とも、ほんとに寸止めでしたな。それでも軽くあたった脛や腕には、こんな痣《あざ》ができましたぞ。これこの通り」

大門は袖を捲り、右腕にできた青痣を弥生に見せた。

「こちらは、摩耶姫の木刀でできた痣。そして、こちらが弥生殿から受けた痣」

大門は袴の裾を捲り、毛だらけの脛にできた青痣を見せた。

弥生は稽古着の袖を口許に持って行った。

「まあ。寸止めのつもりでしたのに。御免なさい」

「寸止めで軽く擦って、この程度ですから、ほんとうに打突していたら、骨は砕け、命もなかったことでしょう。このふたつの痣は、いい記念です」

大門は豪快に笑った。弥生は静かな口調でいった。

「あの摩耶姫の剣が、横一文字で誘い、ついで縦一文字に振り下ろされるまでに、対戦相手はつい誘い込まれて、斬り間に足を踏み入れてしまいそうになる。それを必死に我慢していると、死霊が現れる。だから、摩耶姫の剣は魔剣です」

「なるほど」

「いつか、私は摩耶姫を討たねばならなくなるのでは、と覚悟しています。そうしないと、あの摩耶姫の魔剣で、大勢が死ぬ。もう死んでいるかもしれませんが」

弥生は固く決意したようにいった。

六

行灯の火が隙間風にかすかに揺れた。

大門の長い話が終わった。

文史郎はキセルを吸いながら、考え込んだ。

長屋の外で、犬の遠吠えが聞こえた。

開け放った油障子戸の間から、月明かりが差し込んで来る。

左衛門が空いた食器を載せた箱膳を台所へ運びながらいった。

「それで、大門殿も摩耶姫の剣は魔剣だと思うのですかな」

「うむ。拙者もそう思った。弥生殿のように死霊が見えたわけではないが、知らず知らずのうちに軀が動き、足を踏み出してしまった。やはりあれは魔剣としかいいようがない」

大門は湯呑み茶碗の白湯を啜った。

文史郎は煙草の煙を天井に吹き上げた。

「魔剣か。おもしろい。一度、摩耶姫とお手合せしてみたいものだな」

「殿、また粋狂なことを」

左衛門の声が台所から聞こえた。文史郎はキセルの雁首を煙草盆の端にあて、火皿の吸殻を出した。

「しかし、大門、おぬしも運がいい男だな。摩耶姫はおぬしに打ち込む瞬間、おぬしを可哀相になって手加減したというのか。もしかして、摩耶姫もおぬしを憎からず思うておるかもしれないな」

「そうでござるな。ははは」

大門は笑いながら満更でもなさそうに顎鬚を撫でた。

左衛門が台所から酒瓶と梅干しの小皿を手に戻った。

「もう残り少ないが、一人一杯ずつぐらいはありましょう」

「待ってました。こう来なくては」

大門はさっそく白湯を飲み干し、空《から》にした湯呑み茶碗を差し出した。

左衛門は白濁したどぶろくを大門の茶碗に注いだ。ついで、文史郎の湯呑み茶碗、左衛門の茶碗に均等にどぶろくを注いだ。

文史郎は腕組をしていった。

「大門、気になるのは、辻斬りの白頭巾が遣う剣だ。遺体に残る斬り傷が十文字になっていることから見て、もしかすると摩耶姫が遣う十文字剣法かもしれぬ」

「殿は、辻斬りの白頭巾が摩耶姫ではないか、と疑っておられませんか？」

大門はどぶろくをちびりちびり舐めながら、文史郎に目をやった。文史郎はうなずいた。

「うむ。そうでなければいいがのう」

大門は頭を振った。

「摩耶姫様は白頭巾ではありませんぞ。瓦版によると、白頭巾は男の声だというではありませんか。摩耶姫が白頭巾のはずがない」

左衛門が笑った。

「大門殿は摩耶姫のことになると、やけに向きになりますなあ」

「いやあ。そんなことはないつもりですが……」

大門は頭を掻いた。文史郎がキセルに丸めた莨を詰めながらいった。

「白頭巾が同じ十文字剣法を遣うとなれば、同門のことだ、きっと摩耶姫は白頭巾が何者かを知っている。だから、一度、摩耶姫にお会いし、話を聴きたいのだ」

「そうでござるな。それがしも摩耶姫様に逢って話しとうござる」

「どうだ、大門、おぬし、なんとか摩耶姫と逢う算段を考えてくれぬか」

「しかし、どう調べたらいいのか……」

「玉吉を付けよう。玉吉なら、おぬしの手足になって調べてくれる」

玉吉は表《おもて》向き、船頭だが、元は松平家の御庭番だった。

「玉吉さえ手伝ってくれればなんとかやれそうだ」

大門はうなずきながら、笑いを止めた。

左衛門は、そっと刀掛けから刀を取った。刀の柄に手をかけ、鯉口を切りながら外の気配に耳を澄ました。

「爺、大丈夫だ。使いだ」

文史郎は笑いながら、キセルを火種に押しつけ、すぱすぱと煙を吸った。

戸口の外の暗がりから、声が聞こえた。

「お殿様、佐助《さすけ》にございます」

「ほうれな」

文史郎はにやっと笑った。左衛門も大門も緊張を解いた。

左衛門が刀を刀掛けに戻した。

「なんだ、佐助か」

戸口の暗がりに、腰を低めた中間《ちゅうげん》の影が現れた。

「そろそろ兄者から何か知らせがあるころだと思っておった」

佐助は、文史郎の実兄で大目付松平義睦《よしのぶ》の下で働いている若い衆だ。

「ご無沙汰いたしております」

佐助が腰を屈めて土間に入って来た。

「へい。松平義睦様がこれを」

佐助は一通の書状を文史郎に差し出した。

文史郎は手紙を受け取り、巻紙を開いた。

書状を行灯にかざし、さっと目を通した。

文史郎は書状を巻き戻した。

「今夜、すぐに屋敷へ来いというのか？」

「へい。舟を回してございます」

「分かった。爺、出掛ける支度をせい」

文史郎は立ち上がった。

「はい、ただいま、支度を」

左衛門は心得顔で長持《ながもち》を開け、出掛け用の着物と袴を用意した。

「何ごとですかな？」

大門が訝った。

「たぶん、白頭巾のことだ。老中が殺されたのだ。兄者も無縁ではいられまいて」

大目付の松平義睦が、目付の梶原龍之介の動きに気付かぬはずがない。老中安藤華衛門が暗殺され、幕府幕閣は白頭巾捜しに全力を挙げているのに違いない。

そんな中、松平義睦は目付の梶原龍之介が相談人の文史郎に接触したのを知ったに違いない。

きっと兄者松平義睦から遠からず呼び出しがあるだろう、と文史郎は覚悟をしていた。

「では、それがしも」

大門も立とうとした。

「大門、おぬしはいい。長屋に居てくれ」

文史郎は浴衣を脱ぎ、小袖に腕を通しながらいった。

「もしかして、定廻りが訪ねて来るやもしれぬ」

定廻り同心小島啓伍が何か摑んだら、すぐに報告に来ることになっていた。

「分かりました。では、留守居番をしておりましょう」

大門はどっかりと座り直した。

七

文史郎と左衛門が松平邸に到着したとき、大目付松平義睦は来客中で、すぐには現れなかった。

夜もすでに五ツ半（午後九時）を過ぎている。そんな遅くまで話し込んでいるのは、かなり重要な用件があってのことだからだろう。

文史郎は行灯の明かりにぼんやりと照らされた部屋を見回した。いつも、きちんと整理整頓されているのは、兄者松平義睦の几帳面な性格を現している。

しばらくして、屋敷の奥から家来たちを呼ぶ声が聞こえた。やがて、人の気配が玄関の方角へ移動し、客が帰って行くのが分かった。

ほどなく松平義睦が書院に現れた。顔には焦燥した翳が浮かんでいた。

挨拶もそこそこに、松平義睦は切り出した。

「呼び出したのは、ほかでもない。おぬし、目付の梶原龍之介から何か相談を受けておろう」

「やはり、そのことでしたか」

「梶原龍之介の依頼を断れ」

「はあ？」

文史郎は困惑した。

兄者から何かいわれると思っていたが、まさか断れといわれるとは思ってもみなかった。

「まさか、依頼を引き受けたのではあるまいな？」

「はい。引き受けました」

「そうか。遅かったか」

松平義睦は頭を左右に振った。

「いまからでも梶原龍之介に依頼を断れぬか？」

「どうしてでございましょうか？」

「どうしてでもだ」

松平義睦は不快そうにいった。

「訳をお聞かせください。そうでなければ、先方にお断りできません」

「訳は聞くな。黙って手を引け。それがおぬしの身のためだ。それがしの命令だといえ。梶原龍之介に断れば、やつも分かるはずだ」

「困ります。兄者と梶原龍之介殿は分かって済むかもしれませんが、それがしが一度引き受けた相談です。無下《むげ》には断れません。仕事の信用を失いかねない」

文史郎は左衛門と顔を見合わせた。

兄者が説明できないような特別の事情があるというのか？

松平義睦の顔がますます暗くなった。

「兄者とそれがしの間柄です。その訳とやらをお話ししていただけませんか。絶対に口外いたしませぬ」

「しかしのう」

松平義睦は考え込んだ。

「駄目ですか？　駄目なら……」

「……それがしが話せるところまでなら、話そう。だが、おそらく、おぬしは納得せぬだろうしのう」

「では、兄者が話せるところまででいいです。それから先は、それがしが判断し、断るか否かを決めます。それがしは、兄者の弟ではありますが、家来ではありません。ですから、いくらご命令だといわれても、聞けないこともあります」

「分かった。では、それがしがいえるところまではいおう。その上で、おまえがどうするかを決めろ」

「はい。そうさせていただきます」

文史郎は腹を決めた。

松平義睦は膝を崩し、どっかりと胡座《あぐら》をかいた。

「おまえも、膝を崩せ」

「では、遠慮なく」

文史郎も膝を崩し、胡座をかいた。

「白頭巾の一連の辻斬りと、老中安藤華衛門暗殺の背後には、陰謀が隠されておる」

「どのような?」

「詳しくはいえぬが、将軍家の跡目相続が絡んでいるのだ」

「…………」

「だから、どちらに転んでも、関わった者は、後日厳しい処断を受けることになろう。

拙者も梶原龍之介も、もはや逃げることはできぬ。何も関係のないおぬしまで、その陰謀に巻き込むのは忍びないのだ」

「いったい、どういうことですか?」

松平義睦は、じろりと文史郎を睨んだ。

まだ話すべきか、話すまいか迷っている様子だった。

文史郎は辛抱強く、兄者が口を開くのを待つことにした。

第三話　消された里

一

大川端には川面を渡る涼風がそよいでいた。

文史郎は、柳の木陰で釣り糸を垂れていた。

灼熱の太陽が頭上でぎらついているが、暑苦しい長屋にいるよりは、まだ暑さをしのぐことはできる。

水面を漂う浮きはぴくりとも動かない。

文史郎は昨夜の松平邸での兄者の話を思い出していた。

松平義睦は、最後の最後、搾り出すようにいった。

「文史郎、おぬし、越後柴田《えちごしばた》藩のお家騒動を巡る陰謀を覚えておるな」

「はい。覚えております」

「すべては、あの陰謀を画策した老中堀部正篤《ほりべまさひろ》、勘定奉行大伴大膳《おおともだいぜん》の二人が、今度の辻斬りや老中暗殺に絡んでおるのだ」

「なんと」

　文史郎は絶句した。

　二人のことはよく覚えている。老中堀部正篤と勘定奉行大伴大膳は、田沼意次《たぬまおきつぐ》の再来と呼ばれるような金権政治を行なった幕閣の実力者だ。

　老中堀部正篤と勘定奉行大伴大膳の二人は、越後柴田藩十五万石のお家騒動に乗じて、越後柴田藩の取り潰しを画策した。藩主溝野《みぞの》家をお家断絶にし、十万石を没収して近隣の藩や譜代に分割譲渡する。残る五万石は、堀部正篤と結託、協力した越後柴田藩の江戸家老足立錦之助《あだちきんのすけ》に褒美として与えようという計画だった。

　文史郎たち剣客相談人は、大目付松平義睦とともに、その陰謀を阻止し、越後柴田藩を救い、老中堀部正篤や勘定奉行大伴大膳を失脚させた。失脚させたはずだ。

　そうではない、というのか？

　文史郎は驚いて訊いた。

「兄上、堀部正篤も大伴大膳も、すでに失脚したのではなかったのですか?」

「うむ。確かに二人は、あの不祥事の責任を取らされ、閉門蟄居《ちっきょ》を命じられた。本人たちも、自ら非を認め、その後隠居し、領地の田舎《いなか》に引き籠もった。確かに、二人は過去の人であり、幕府に対して、昔日《せきじつ》のような力はなくなった」

「ならば、二人が仕組んだこととは、どういう意味なのですか?」

「その失脚し、隠居したはずの堀部正篤と大伴大膳を、この機に乗じて復権させ、再び幕閣に迎え入れ、合わせて、己たちも、昔の栄華の夢をもう一度と目論《もくろ》む徒輩が動き出しているのだ」

「この機に乗じてとは?」

「……将軍家の跡目争いに乗じてだ」

松平義睦は声をひそめ、あたりを見回した。あたかも外の庭や天井裏、床下に聞き耳を立てている者がいるのを警戒するように。

大目付の兄者にして、誰かから監視されているというのだろうか?

文史郎は小声で訊いた。

「兄上、その将軍家の跡目争いと申すのは、いかなることでござる?」

「存じておろう。上様は生れ付き病弱で、将軍職をこのまま続けるのは難しいと」

「はい。噂では。しかし、ほんとうでございますか」

「うむ。病状は芳《かんば》しからずだ。いつ倒れても不思議ではない。それゆえに、次期将軍を狙う紀伊《きい》家も水戸《みと》家も、裏で激烈な抗争を行なっておる」

「なるほど」

「ここに至って、漁夫の利を狙う第三の派が現れた。そのため、継嗣問題は、いまや三つ巴《どもえ》の争いになろうとしておるのだ」

文史郎は訝った。

「第三の派と申しますと？」

「尾張《おわり》家だ。これまで尾張徳川家からは一度も将軍が出ておらず、それを不満とする重臣たちがいる。その尾張の重臣たちと気心を通じた幕閣や幕府要路が密かに動き出した」

松平義睦は苦々しくいった。

文史郎は訊いた。

「では、その尾張が、堀部正篤や大伴大膳を復権させようとしているのですか？」

松平義睦はじろりと文史郎を見た。

「尾張だけではない。紀伊も水戸も、利権がらみで、あわよくばと堀部正篤たちと密かに接触している」

文史郎は訝った。

「しかし、なぜ、堀部正篤たちを復権させようというのですか？」

「隠し金山だ」

「……隠し金山はどこにあるのです？」

「奥州だ。堀部正篤と大伴大膳は、幕府の要職にあったとき、密かに奥州で隠し金山を開発させていた。その金山は、地元民の猛反対があったことと、金の鉱脈が予想していたよりも少なかったということ、さらに堀部正篤や大伴大膳が失脚したことなどが重なり、結局、閉山されていた。だが、実は、鉱脈が少ないというのは、まったくの嘘の報告だったらしい。堀部正篤たちの意を受けた者たちが、復権に備えて密かに金の採掘を続けていた。それを隠居した堀部正篤や大伴大膳は私《わたくし》していたのだ」

「……なぜ、金山でもめるのです？」

「そんなことは分かっておろう。将軍家を継ぐには巨額の裏資金がいる。それには隠し金山を抑えた勢力が勝つ。だから、紀伊、水戸、尾張のいずれも堀部正篤たちを自分たちの陣営に取り込みたいのだ」

文史郎は訝った。

「しかし、奥州の金山は天領にあり、そもそも幕府のものではないのですか？　金山は堀部正篤たちの私有ではない」

「それがそうではないのだ。金脈を見付け、金山を開発するには莫大な資金が必要だ。金脈を見付けることからして、一種の博打《ばくち》みたいなもので、幕府はそんなものに金は出せない。それでなくても幕府は財政難に陥っているのだからな」

松平義睦は小声で続けた。

「奥州の天領は、金が出そうだというので、幕府が強引に仙台藩から召し上げた地だ。その代わり、もし金鉱脈を掘り当てたら、取れた金の二割を仙台藩に引き渡すという密約を交わしてある。

そして、金山開発に必要な費用は、すべて堀部正篤たちがまかなうことになっていた。その代わり、金が出た場合は、採掘した金の六割は堀部正篤たちのものにしてい い、という契約を取り交わしていた。その代わり、残り四割は幕府に差し出す。その半分を仙台藩に渡す約束だから、幕府の取り分は二割ということになっているのだ」

「なるほど。隠居したとはいえ、堀部正篤たちは、莫大な資金を保有し、のうのうと生活をしていたのか」

「知恵者の堀部正篤と大伴大膳だ。入ってくる金を独り占めせず、密かに紀伊や水戸、尾張など御三家、さらには幕閣の一部有力者たちに流していた。だから、幕府はもちろん、御三家のいずれも、堀部正篤たちには手を出せず、今日のようなことになっているのだ」

松平義睦は溜め息をついた。文史郎は肝心な問題について尋ねた。

「しかし、お世継問題と白頭巾の辻斬り事件とは、どういう繋がりがあるのですか？」

「文史郎、おぬしには、まだ分からぬか？」

「分かりません」

「白頭巾が殺めた老中安藤華衛門は、堀部正篤たちの復権を最も強く主張していた御仁だ。その安藤の屋敷に易々と乗り込み、暗殺したとなると、白頭巾の後ろには、きっと御三家のどこかがついていると見ていい。白頭巾の背後に、誰がいるのか、それが分からないので厄介なのだ。だから、下手に白頭巾を捕まえたり、その首を取ったりしたら、どこから、どのような報復を受けるか分からない。それで、おぬしに手を出すな、といったのだ」

文史郎はふと背後に人の気配を感じて、物思いに耽るのをやめた。

「殿、やはり、こちらでしたか」

小島啓伍の声が聞こえた。

振り向くと、定廻り同心小島啓伍が立っていた。

「おう、定廻りじゃないか」

小島の後ろに、御用聞きの忠助《ちゅうすけ》親分と下っ引きの末松《すえまつ》がいる。

「お暑うごぜいやす」

「こんちは」

小島の顔に笑みがあった。文史郎は釣り竿を引き上げながらいった。

「何か解ったかい？」

「はい。それでご報告に上がろうと」

小島は懐から書類を取り出し、文史郎の隣に座った。

「殺された芹沢征蔵殿の経歴です。芹沢殿は元先手《さきて》弓頭で、加役の火付盗賊改めの頭でもあった男です。どこかで聞いた名だと思っていたら、やはり火盗改だった」

小島は団扇をばたばたと扇いだ。文史郎は釣り針にみみずを付け、川面に放った。

「火盗改の頭だったって？　じゃあ、あの鬼のなんとかの同輩かい」

「鬼の弾左衛門《だんざえもん》ですね」

「そうそう。その鬼の弾左衛門」

「鬼の弾左衛門とは、手柄を張り合っていた仲らしいです。弾左衛門は先手鉄砲頭で、先手弓頭の芹沢殿とは、折り合いが悪かったらしい。もともと弓組と鉄砲組は犬猿の仲でしたからね。手柄では鬼の弾左衛門の方が上だったので、芹沢殿はいつも、その陰になっていたようなのです」

「なるほど」

文史郎は煙草入れからキセルを取り出し、莨を詰めた。火打ち石を出した。後ろから忠助親分が進み出た。

「殿、あっしたちが火を熾《おこ》しやしょう」

「お、親分、済まぬな」

文史郎は火打ち石や艾《もぐさ》を忠助に手渡した。忠助と末松は火打ち石を打ち、艾に火花をあてて火を熾しはじめた。

小島がいった。

「大槻弦之丞殿の御新造によると、その芹沢征蔵殿は奥州奉行だったといってましたが、それも確かめました。確かにそうでした。そして、芹沢殿の上司が当時留守居年寄衆だった安藤華衛門様でした」

「ほう、なるほど」

「芹沢殿は安藤様の覚えがよかった。それで、安藤様が老中に就任すると、間もなく、芹沢殿は、隠れ遠国《おんごく》奉行である奥州奉行に抜擢された」

「つまりは老中安藤華衛門の肝煎りで芹沢は引き上げられたというのだな」

後ろから忠助親分が声をかけた。

「お殿様、火種ができました」

「ありがとう」

文史郎は振り向き、火がついた小枝にキセルの火皿をかざし、煙草を吸った。

小島は続けた。

「奥州奉行に抜擢された芹沢殿が、いまの役職の小普請組支配組頭になったのは、やはり何かしくじり《しくじり》をやったためらしいです」

「そうか。芹沢は失態小普請だったのか」

文史郎は煙草の煙を吹き上げた。

失態小普請は以前の勤めを失敗し、降格左遷された者のことだ。

小普請組はほかの職をお役目御免になった旗本、御家人がすることもなく、とりあえず配属される非役の職であった。

小普請組自体かなりの人数がおり、小普請組支配組頭は小普請支配の下、数十人の組を統括する長で、元役職の先手弓頭よりも形式では格上ではあるが、役目御免の閑職だった。

文史郎は小島に訊いた。

「芹沢征蔵は、いったい、何をしくじったのかのう？」

「忠助親分が知っている折助《おりすけ》に、芹沢殿の中間《ちゅうげん》をしていた男がいるのが分かりました。それで、あたってもらったところ、妙な話を聞き込みました。親分、話してくれ」

小島に促され、忠助親分が文史郎の傍ににじり寄った。

「その折助は熊五郎《くまごろう》といいやして、芹沢様のところへ出入り奉公していた男です。主に馬の口取りや槍持ちをしていたそうですが、もう五年前になりますかね。芹沢様が大勢の配下を率いて奥州へ出張なさることになった」

忠助親分はいったん言葉を切った。

「なんでも、奥州の天領で、一揆が起こっていたらしい。それで火付盗賊改めの先手弓頭の芹沢様が、先手弓組の配下を大勢引き連れ、派遣されることになった。それで、熊五郎も中間として付いて行ったそうなんです」

文史郎は煙草を燻らせながら思い出した。

おそらく芹沢征蔵が隠れ遠国奉行に任じられたときだ、と文史郎は思った。

「山里の百姓たちの一揆だから、そう大したこともなかろうと、熊五郎はだいぶ高を括っていたらしいんです。……」

親分の話は続いた。

芹沢征蔵を奉行とした先手弓組およそ二百人が、日光街道から東山道に入り、白河の関を越えて奥州街道へ入り、ひたすら奥へ奥へと進んだ。

奥州仙台藩の領地に入り、北上川に沿った細い道を遡り、さらに山また山の中へ進んだ。

そのうち、鎧《よろい》に身を固めた兵たちが屯《たむろ》した関所にさしかかった。そこからが天領の山間で、山間から支流の川が流れ下っている。

芹沢を迎えた現地の責任者らしい侍が、しきりに芹沢や幹部たちに、一揆の様子を話していたが、詳しい話は聞くことができなかった。

その夜は、その関所近くの空き地に野営し、旅の疲れを癒した。

翌朝、まだ暗いうちから、足軽頭に熊五郎たちは叩き起こされた。

頭は、これから一揆を鎮《しず》めに行くので、足軽たちは腹巻を着込め、槍を持て、という。

見ると、侍たちは鎧に身を固め、弓矢を用意し、これから合戦でも始めるような準備をしている。

軍馬が興奮していななき、先手弓組の騎馬武者たちが出陣の用意をしている。

とんでもないことになったな、と熊五郎は思ったが、高い給金も貰っているし、足軽頭や徒侍頭から、敵を前にして逃亡する者は斬り捨てる、と脅かされたので、仕方なく付いて行くことにした。

目指すは山間にある里村とのこと。そこには、弓矢や鉄砲、鎌や長刀で武装した百姓たちが立て籠もっているという。

もともとは、平家の落ち武者たちが、源氏の追撃から逃れ逃れて、この奥州のあまり人も足を踏み入れない山奥に逃げ込み、そのまま住み着いたという隠れ里だった。

芹沢率いる軍勢は、先に到着していた騎馬隊や仙台藩兵なども含めて、総勢五百人ほどに膨れ上がっていた。

目指す隠れ里は、川の上流域にあった。険しい崖を背にして、山の斜面に何十軒もの家々がへばりつくように建っている。

里山という話だったが、見ると聞くとは大違い。まるで、砦のようだった。平家の落人の村というのもうなずけるような、山城になっている。そのうち一番大きな建物が、斜面の上の方に建っており、屋根の上に十字の形の横木を組んだ柱がそそり立っている。それが本丸のようだった。

文史郎は思わず忠助親分の話を遮った。

「なに？　十字の形の柱が屋根の上に立っていたというのか？」

「はい。そのようで」

忠助親分はきょとんとして話を止めた。

「殿、妙な話でしょう？」

小島がしたり顔で文史郎にいった。

「うむ。確かに。奥州の山奥に、切支丹伴天連の里があるというのか。信じられない」

文史郎は唸り、腕を組んだ。

忠助親分は困惑した顔でいった。

「お殿様、あっしが見たんじゃねえですからね。あくまで熊五郎から聞いた話なんで」

「分かった。話を続けてくれ」

「へい。ですが、話はここまでなんで」

「どうしてだ?」

「ここから、里村を三方から囲んで、一斉攻撃をしたらしいんですが、熊五郎は、その合戦の様子になると、ぶるぶる震え出し、話せねえといって泣き出したんです」

「泣き出した?」

「へい。大門様のように黒髯を生やした熊五郎なんですが、いたって気は優しい男でしてね、合戦の様子があまり悲惨だったらしく、話したくねえってきかねえんでさあ」

「ほほう。どう悲惨だったのか、気になるのう」

「でしょう? で、あっしも根掘り葉掘り、熊五郎に聴いたんです。そうしたら、ようやく熊五郎もぽつぽつと話しはじめた。……村人は弓矢や鉄砲で武装しているといわれていたが、実際は猟銃がせいぜい二、三挺あった程度。村人たちには男が少なく、ほとんどが女子供に年寄りだけしかいなかった。武器も鎌や鍬、竹槍といった程度で、立ち向かってくる相手も少なく、騎馬隊や徒侍、足軽隊の敵ではなかった。それなのに侍たちは里村に攻め込むと、家々に火を付け、片っ端から燃やしはじめ、逃げ惑う村人たちを容赦なく斬り殺しはじめたってえんです。女も子供も年寄りも見境無く……。それで熊五郎は、もう見てられなくなり、恐くなって、その場から逃げ出した。そして、お金も貰わず、命からがら江戸へ逃げ帰ったということでした。……」

忠助親分の話は終わった。

文史郎は小島と顔を見合わせた。

「殿、いかがです？　ほんとだとしたら、ひどい話でしょう？」

文史郎は腕組をし、唸った。

「ううむ。何年前のことだ？」

「熊五郎によれば、五年前とのことでしたな」

五年前といえば、文史郎はまだ那須川藩の藩主だった。江戸府内で、奥州に切支丹が住んでいるといった話は聞いていない。一揆の話は各地であったが、奥州の天領で、そんな百姓一揆があったとは聞いていない。

ほんとうに十字の柱を立てた建物があったのかどうか。熊五郎の見間違いということもある。

仮に、見たことが真実であったとして、切支丹だったかどうかは即断することはできない。

「芹沢征蔵殿は、この一揆鎮圧を指揮し、村人を虐殺した廉《かど》で、お上から責任を問われたのではないですかね。いくらなんでも家に火をかけ、女子供まで殺すとは何ごとか、と」

「もし、そうなら、府内で多少でも噂が立とう。そんな噂を耳にしたか？」

文史郎は訝った。

「いえ。聞いたことがありません」

「幕府のどこかに何か記録があるかもしれぬな。兄者も知っているかもしれない。ともあれ、余も調べよう。おぬしも、役所の伝《つて》を使い、当時、芹沢の下でいっしょに鎮圧に行った火盗改の者たちが誰かを調べてくれ。真実を知りたい」

文史郎は小島にいった。

「分かりました。それがしも、調べてみます」

「お殿様、お殿様、ほれ」

末松が大声でいい、文史郎の肩を揺すった。

「なんだ、末松。お殿様に失礼だぞ」

忠助親分が目を剝いた。

「糸を引いてます。釣り糸を引いてます」

文史郎は末松の声にはっと川面を見た。浮きが沈んだまま上がって来ない。

「かかった」

文史郎は思わず釣り竿を引き上げた。

急に釣り竿のしなりがなくなり、力が抜けた。釣り糸が切れたのだ。

「しまった」

文史郎は臍《ほぞ》を嚙んだ。また大魚を取り逃がしたらしい。

二

文史郎は上半身裸になり、井戸水に浸した手拭いで汗ばんだ軀を拭いた。

ようやく陽は傾き、だいぶ日差しも和らいだ。涼やかな風が長屋にも吹き寄せて来る。

西日を遮るように雲が広がり出しているせいもある。

文史郎がさっぱりした気分で浴衣を着直したとき、細小路を左衛門があたふたと戻って来るのが見えた。

「殿、殿、こちらにいらっしゃいましたか」

「爺、どうした?」

「殿のいいつけ通り、玉吉《たまきち》を呼び出し、大門殿のお手伝いをするよう申し付けました」

「そうか。ご苦労であった。で、玉吉は?」

「大瀧道場の大門殿のところに」

「そうか」

文史郎は団扇で扇いだ。

「まずは、水を一杯、馳走になりまする」

左衛門は井戸から水桶を引き揚げ、桶の縁に口をつけて、喉の音を立てて水を飲んだ。

左衛門は飲み終わると腕で口の周りの滴《しずく》を拭った。

「さっそくですが、玉吉から興味深い話を聞き付けましたぞ」

「どんなことだ?」

「玉吉の手下の船頭が、辻斬りがあった夜、不審な屋根舟一艘が現場近くに停まっていたのを目撃したそうです」

「ほう。いつのことだ?」

「一月《ひとつき》ほど前の満月の夜だったそうです」

一カ月前の満月の夜だとすると、寺社奉行方の君島勲之介が襲われたときのことではない。君島は五日前の満月の夜の犠牲者だ。

「船頭は、ある武家を溜池沿いの武家屋敷に送り届けた帰りだったそうです。新橋に差しかかったとき、橋の下に舟提灯の明かりを消して、ひっそりと停まっていた屋根舟を見かけたそうです。船頭は、どこぞの御武家が女と逢引きでもしているのだろうと思って、静かに舟を進めて屋根舟に近付いた。すると、岸辺から口笛が聞こえたかと思うと、屋根舟が動き出した」

「それで？」

「橋に近い船着き場に月光を浴びて真っ白な白頭巾姿の人影が現れた。船頭は、こんな明るい月夜に、白頭巾姿で動き回るとは粋狂なと思い、舟を停め、遠くから見ていた。そうしたら、白頭巾を守るように白装束姿の侍たち五、六人が船着き場に現れ、周囲を警戒しているようだった。船頭は危険を感じ、舟に身を潜めて、白頭巾たちの様子を窺った。白頭巾たちは明かりを消した屋根舟につぎつぎ乗り込んだ。白頭巾たちを乗せた屋根舟は浜御殿の方角へ動き出した。船頭は、何者だったのだろう、と屋根舟を見送ったそうです」

「ふうむ」

「数日経って、新橋近くの武家屋敷の通りに白頭巾姿の辻斬りが現れ、侍が斬られたらしい、という話を聞いた。船頭は、ああ、あの連中が辻斬りだったのか、と思ったというのです」

文史郎は考え込んだ。

「白頭巾のほかに、護衛らしい人影が五、六人いたというのか？」

「はい」左衛門はうなずいた。

文史郎は顎を撫でた。

「おもしろい。その連中は、舟に乗って、どこへ消えたのかのう？」

「玉吉は、彼らがどこへ消えたか、船頭仲間たちと引き続き調べるそうです」

左衛門は手拭いで汗を拭った。文史郎は団扇を扇いだ。

「ところで、先刻、定廻りたちが来た」

「小島殿たちが？　で、用件はなんです？」

「芹沢の所業がようやく分かった」

文史郎は忠助親分が熊五郎から聞き込んだ話をした。

左衛門は聞きながら興奮した口調でいった。

「殿、その隠れ里は、隠れ切支丹の里ですぞ。間違いない。芹沢たち先手弓組は、その隠れ里を襲って焼き払い、住民たちを虐殺したというのですね」

「うむ」

「だとすると、あの白頭巾たちは、その隠れ切支丹の里と何か繋がりがあるかもしれませんな」

「爺もそう思うか」

「はい」

「しかし、もう少し調べねばいかん。即断はできぬ」

「そうですな。犠牲になった人たちの経歴が分かれば、いまの話の裏付けがとれるかもしれません」

文史郎はうなずいた。

「それで、小島がわざわざ知らせに来たのは、今夕、我らに奉行所に来てくれというのだ。目付梶原龍之介殿に依頼しておいた犠牲者たちの経歴や身上書が届くことになっているそうなのだ」

「そうでしたか。それを見れば、犠牲者たちが襲われた共通の理由が分かりましょうぞ」

左衛門はうなずいた。

夕方、急に空が黒くなり、稲光がきらめき、雷鳴が轟いた。それから、すぐに強い雨足の雨が襲って来た。

間もなく夕立は上がり、すっかり夏の蒸し暑さは消えた。

文史郎は、夕立後の爽やかな街を歩き、南町奉行所の門をくぐった。

玄関先で訪いを告げるまでもなく、浮かぬ顔の小島が現れ、すぐさま奥の客間へと通された。

客間には、小島の上司である与力の桜井静馬、それから見知らぬ顔の侍が、やはり浮かぬ顔で話をしていた。

「これはこれは、殿におかれましては、わざわざお越しいただき、申し訳ございません。本来なら、それがしどもが、お屋敷へ上がりご報告せねばならぬところを、お呼び立てする形になり、ほんとうに申し訳ございませぬ」

桜井静馬と見知らぬ顔の侍は、文史郎に両手をついて謝罪した。

文史郎は笑った。

「堅苦しいことは申すな。それがしは、いまは、ただの相談人。殿様稼業は引退しておる身だ。おぬしらと同格だ。遠慮するな」

「そうは、申されても。お詫びを申し上げます」

桜井は頭を下げた。もう一人の侍が名乗った。

「それがし、目付梶原龍之介の名代《みょうだい》として、こちらへ上がりました。目付の下にて与力をしております角間弦内《かくまげんない》と申します。以後、よろしく御見知りおきいただきますよう、お願いいたします」

「ほう、さようか。拙者は、相談人大館文史郎。そして、こちらに控えておるのが、傳役の篠塚左衛門だ」

「はい。文史郎様のことは、梶原龍之介から十分に伺っております。元信濃松平家の世子で、大目付松平義睦様の弟様である、ということも」

角間は平伏したまま、話を続けた。

「実は、本日、梶原龍之介の名代として上がりましたのは、剣客相談人様にお詫びを申し上げねばならなくなったからでございます」

「詫びだと？」

「わざわざ、お越しいただいたのに、先般、目付が殿、いや相談人様にお約束した七人の経歴や身上書につき、お渡しできぬ次第になりましたので、お詫びさせていただきたく……」

「なに、経歴を出せぬというのか？」

文史郎は左衛門と顔を見合わせた。

「はっ。まことに申し訳ありませぬ。梶原龍之介もお約束を破ることになり、ただただ申し訳ないと申しております」

「出せぬ訳がありそうだな」

「申し訳ございませぬ。どうか、事情をお察しいただきたくお願いいたします」

角間弦内は平伏したままいった。

おそらく目付の梶原龍之介が、老中安藤華衛門以下、七人の被害者たちの経歴、身上書を調べさせているうちに、どこからか圧力がかかったのだ。

つまりは、経歴や身上書を出せば、七人がなぜ襲われて殺されたのかが分かるということを逆に教えてくれたようなものだ。

「……まこと、申し訳ございませんが、被害者たちの所業、いや経歴などは詮索なさらず、白頭巾を退治していただくよう、お願いいたしたいとのことにございます」

文史郎はやんわりといった。

「しかし、白頭巾が、なぜに、辻斬りを行ない、老中安藤華衛門殿を殺害したのか、その理由がはっきり分かれば、次の犯行を防ぐ手立てが見つかろうというものだが。

なんの手がかりもなく、ただ白頭巾を退治せよといわれても、我らはなす術《すべ》がない」

「はい。それもよう分かっております」

角間弦内は名前通りに顎が角張った顔をしかめた。

「分かっておられるか」

「はい。梶原龍之介は、申しております。一応、それは表向きのことで、剣客相談人様が被害者たちの過去をお調べになるのは、勝手でござるということです。目付があれこれいう筋合いではない、と」

「ほほう」

「梶原龍之介が、七人の経歴などを出せない代わりに、それがしに申し付けたのは、剣客相談人様たちが被害者たちについてお調べになるときにお手伝いせよ、ということでございました」

文史郎は笑った。

「それも表向きではないのか？」

「はあ？　表向きと申されると？」

「我らに協力しながら、我らの動きを監視せよということであろう？」

角間の顔がさっと変わった。

「さすが、相談人様、ご明察の通りにございます。正直に申し上げまして、確かに目付から相談人様たちの動きを報告せよと厳命されております」

「やはりのう」

文史郎は左衛門と顔を見合わせて笑った。

「しかし、目付から相談人様たちのお調べの邪魔をせよ、とは申し付けられておりません。それに、拙者、目付の配下ではありますが、間諜ではござらぬ。拙者にも目付方与力としての矜持《きょうじ》があります」

「そうだろうな」

文史郎はうなずいた。角間は続けた。

「正直申し上げます。拙者も被害者たちの経歴について目付から見せていただいておりませぬ。ですから、被害者たちの過去のことについて何も知りませぬが、目付から知ってはならぬとはいわれておりません」

「そうか。何も見ておらぬか」

「ですが、お手伝いはできましょう。被害者の上司や配下、そして遺族に会いたいときには、拙者がなんとか都合をおつけすることができましょう。ですから、なんでもお申しつけください」

角間はもう一度頭を下げた。

奉行所の与力桜井静馬が付け加えるようにいった。

「奉行所としても、何かお手伝いすることができるかと思います。奉行からも相談人に協力するようにいわれております。我らも全力を上げて、白頭巾を捜しております。我らが調べたことなら、いくらでも提供します。どうぞ、ご遠慮なく、拙者や同心の小島にお申しつけください」

「………」

脇に控えた小島もうなずいた。

文史郎は笑いながらいった。

「そうか。そういうことであれば、角間殿や桜井殿にも、力を貸していただこうか。まず角間殿に頼みがある」

「殿、その前にお願いがあります」

角間がしかめっ面をしていった。

「何かな？」

「その角間殿というのはやめていただけませぬか。配下の者が殿を付けられるのは、どうも落ち着かない。どうか、拙者を呼び捨てにしていただきたい」

桜井も付け加えるようにいった。

「そう。それがしも、角間殿同様、呼び捨てにしていただきたく、お願いします」

「分かった。よかろう。では、角間、おぬしへの頼みというのは、五年ほど前に、被害者たちは、どういう役職にあり、何をしていたか、それだけでも知りたいのだが」

「五年前でござるか」

角間弦内は桜井と顔を見合わせた。

「どれはどういう意味がござろうか？」

「実はな。被害者のうちの芹沢征蔵は、当時先手弓頭として加役の火盗改頭をしていたが、急遽隠れ遠国奉行の奥州奉行に抜擢され、奥州の天領で起こった一揆を鎮圧するために部下ともども派遣されたことが分かった」

「そんなことがあったのでござるか」

角間弦内は驚いた。文史郎は続けた。

「芹沢征蔵を奥州奉行に抜擢したのが、当時、留守居年寄衆で、老中に昇進した安藤華衛門だった」

「暗殺された老中でござるな」

桜井も驚いた顔になった。文史郎はいった。

「しかし、いくら安藤華衛門殿が実力者であったにせよ、なりたての老中が一揆鎮圧のため、奥州奉行の芹沢征蔵を派遣するとは思えない。もっと上位の幕閣か実力者がいたはずだ」

角間弦内は真面目な顔でいった。

「五年前といえば、それがしが目付方の同心をしていた時分でござる。そのころ、幕府で最も権勢を誇っていたのは、老中堀部正篤様、それに勘定奉行大伴大膳様でした」

「そうでござったな。それがしも、それは覚えておりました」

桜井も角間に同調した。

文史郎は小島にいった。

「小島、筆と紙を持って来てくれぬか」

「はっ」

小島は急いで立ち、隣室に消えた。

文史郎は左衛門と顔を見合わせた。

左衛門が膝行し、心配顔で、そっと文史郎の耳に囁いた。

「殿、そのあたりはまだ……」

「分かっておる」

文史郎はうなずいた。

「殿、これでよろしうございますか」

小島が側侍に文机を運ばせた。

机の上に巻紙と硯箱、筆が用意してあった。

「うむ。よかろう」

文史郎は巻紙を縦にして、さらさらと筆を走らせた。

最上に堀部、大伴の名前を並べ、その下に線を引いて、安藤華衛門の名前を書く。

さらに安藤の下に縦棒の線を引いて芹沢と記した。

その芹沢の名の下に棒線を引き、奥州天領の隠れ里の一揆と書いて、丸い線で囲んだ。

ついで、芹沢の左隣に君島勲之介の名を、右隣に木暮伝兵衛の名を書き、横線で結ぶ。

安藤から横線を引き、蘭学者大槻弦之丞と書いた。大槻弦之丞の下に、仙台藩領内天領の金山開発と記した。その金山開発と木暮伝兵衛を線で結んだ。

文史郎は出来上がった相関図をじっと睨んでいった。

「それがしの考えでは、奥州天領における隠れ里の一揆鎮圧に絡む縦の軸で繋がる人脈が本線だと見る」

角間と桜井、小島が覗き込んだ。

「そして、この本線に対して、横に繋がる君島や木暮をはじめとする被害者たちが、それぞれ何をし、どういう役割を果たしていたのかだ」

文史郎は大槻弦之丞の名を差し、その下の金山開発の部分を筆先で丸く囲んだ。

文史郎は金山開発と奥州天領の隠れ里の一揆とを筆で線を繋いだ。

「そして、おそらく、この天領の金山開発と、天領に起こったという一揆は、なんらかの関係がある」

文史郎は巻紙の余白に、四位孝之助と岩見正重の名前を書いた。

「この二人の役割がまだ分からぬが、きっとどこかで、この人脈に繋がっているはずだ。この相関図を頭に入れて調べを進めたい。いいかな」

「分かりました。これは分かりやすい」

角間が腕組をして感心した。桜井や小島も感心したように図に見入った。

文史郎は左衛門と顔を見合わせた。左衛門は大きくうなずいていた。

三

道場から竹刀を打ち合う音や気合い、床を踏み鳴らす音が響いて来る。

大門は手拭いで胸や腋の下の汗を拭いながら玉吉の前に座った。

「……拙者としたことが、こんなことを玉吉に頼むのは恥ずかしいが、よろしく頼む。手がかりといえば、これしかないのだ」

大門は弥生と摩耶姫の派手な立ち回りを描いた瓦版を差し出した。

玉吉はにやっと笑いながら受け取った。

「大門様、分かりやした。左衛門様から、くれぐれもいわれておりやす。大門様をお手伝いするように、と」

玉吉は歌舞伎役者ふうに描かれた女武芸者二人の絵に見入った。

「これはこれは。派手な立ち回りですね」

「実際は、こんなものではなかったが」

「ですが、弥生様はそっくりですね。だとすると、摩耶姫も、同様にそっくりですかね」

「うむ。はっきり申して、弥生殿も摩耶姫も、顔はよう似せてあるが、実際はもっともっと美人だ」

「そうでしょうとも」

玉吉はにやにやしながら、瓦版の絵を見つめた。大門は髯をしごいた。

「それにしても絵師は二人の顔の特徴をよく摑んで描いておる。さすが、一流の浮世絵師は違うのう」

「摩耶姫の特徴は……」

玉吉は丹念に摩耶姫の顔や姿形を調べはじめた。

大門は小声でいった。

「眉毛が濃く、適当に左右に吊り上がり、きりっとしておるだろ」

「はい」

「瓜実顔に整った目鼻立ちをしておる。目がくりっとしていて大きいだろう?」

「はいはい」

「富士額で、絵にはないが笑窪《えくぼ》がある」

「どちらの頰です?」

「右の頰だ」

「なるほど。ですが、摩耶姫の最も目立つ特徴は、この艶黒子《つやぼくろ》ではないですか？」

玉吉は摩耶姫の顔の顎を指差した。顎に小さな点のような黒子が入れてある。

「おう、それそれ、それだ。唇の左下にぽつんとある可愛い黒子。だが、その絵にあるようにはどでかくないぞ。ほどほどに艶っぽくて可愛い。絵はだいぶ誇張してある」

大門は髯を撫でながら、うなずいた。

玉吉はあらためて瓦版の絵を見つめた。

「分かりやした。この瓦版、お預かりしてよござんすか。船頭仲間に見せて説明しますんで」

「……うむ。いいだろう。仕方ない」

大門はいかにも名残惜《なごり》しそうに瓦版を玉吉に渡した。

「では、今日のところは、これで失礼しやす」

玉吉は瓦版を懐にねじ込むと、ぺこりと頭を下げた。

「これから、どうするのだ？」

「へい。これから船頭仲間の溜り場に行きやす。もしかすると、摩耶姫のような武家娘を見かけた者がいるかもしれませんので」

「そうか。頼む。よろしうな」

大門は玉吉に頭を下げた。

玉吉は踵を返して玄関から走り出て行った。

四

下弦の月が夜空に輝いていた。

江戸の街は寝静まっていた。

一隻の猪牙舟が月明かりに照らされた掘割の水面を滑るように移動していた。舳先に吊されたぶら提灯が舟に乗った二人の人影を浮かび上がらせている。

やがて舟は橋の手前の船着き場に滑り込み、小さな桟橋に横付けになった。

船頭が棹を差し、舟の動きを止めた。

供侍がぶら提灯を手に先に降り、ついで主人の人影がゆっくりと桟橋に上がった。

「ご苦労」

供侍が船頭を労《ねぎら》った。船頭は頭を下げ、舟を出した。舟は岸辺を離れ、舳先を変えると元来た方角へ戻りはじめた。

供侍と主人の武家の二人は、岸に上がり、掘割沿いの道を歩き出した。

橋を渡り、武家屋敷の高い築地塀の間の道に足を踏み入れた。

道の向かい側から、月明かりにも鮮やかな白頭巾がゆっくりと歩いて来る。

供侍が掲げたぶら提灯を地べたに投げ捨てた。

「現れたな、白頭巾」

供侍は着ていた羽織を脱ぎ捨て、主人を背にして刀の鯉口を切った。

白頭巾のあとから、もう一つの影が現れた。

「元老中堀部正篤殿とお見受けいたしたが、いかがかな」

「やはり現れたな」

供侍の後ろにいた武家が供侍の脇に出て、羽織を脱いだ。武家はすでに襷掛け姿だった。

二人は刀を抜きながら大声で叫んだ。

「出合え、出合え！　曲者だ」

「白頭巾だ、出合え」

どこに隠れていたのか、背後から黒装束の人影がばらばらっと駆け寄った。

いくつかの黒い影が築地塀の屋根の上を走り、ばらばらっと白頭巾たちの背後に飛び降りた。

　黒装束たちは、一斉に刀を抜いた。

「逃がすな」

「こやつらを討ち果たせ」

　主人らしい武家が命じた。

「う、謀《はか》ったな」

　白頭巾と、その影の男は、背と背をつけて互いを守るようにして、ぎらりと刀を抜いた。白刃が月光を浴びて鈍く光った。

　白頭巾は主人の武家の前に進み出て、青眼に構えた。

「……悔い改めよ」

　白頭巾の影の男が低い声で告げた。

「さもなくば、汝に、天罰が下るであろう」

「しゃらくさい。おぬしら、何者だ?」

　武家は怒鳴った。

　白頭巾が静かで厳《おごそ》かな口調でいった。

「全能の神よ、なんぢは義《ただ》しくなんぢの審判《さばき》はなほし　汝ただしきと此上《このよ》なき真実《まこと》と

をもて　その證詞《あかし》を命じ給えり」

低いが女の優しい声だった。

「白頭巾、おぬし、女か」

武家は嘲ら笑い、相青眼に構えた。

「わが敵なんぢの聖言《みことば》をわすれたるをもて　わが熱心われをほろぼせり……」

白頭巾は刀を水平にし、左から右にゆっくりと移動させた。

白頭巾が呻いた。

「おぬし、堀部正篤ではないな」

「しれたことよ。白頭巾、みごと、罠にかかったな。堀部正篤様は途中で入れ替わった」

武家は笑った。

隣の供侍も白頭巾に白刃を向けた。

「新城《しんじょう》、女だと思って侮るな。こやつ出来るぞ」

「白頭巾は拙者に任せろ。見ておれ」

白頭巾は刀を最上段に振りかざし、真っすぐに下ろしていく。

「悔い改めよ。裁きは近し」

新城と呼ばれた武家は、まるで誘われるように、裂帛の気合いもろとも刀を突き入れた。

白頭巾の白刃が一閃した。

白頭巾と武家の軀が交錯し、入れ替わった。

武家の軀が硬直し、そのまま地べたに崩れ落ちた。

「おのれ！」

供侍が叫び、白頭巾に斬り掛かった。白頭巾はひらりと跳び退き、築地塀に張り付いた。

黒装束たちが、白頭巾と影の男を半円状に取り囲んだ。

そのとき、黒装束たちに動揺が走った。

築地塀の上に新たな白装束姿の白頭巾が無数に現れ、黒装束たちの背後にばらばらっと飛び降りた。

「おのれ！」

供侍は白頭巾たちの群れの登場に驚き、たじろいだ。

「かかれ！」

頭の声が響いた。

白装束の群れが一斉に黒装束に斬り掛かった。

たちまち、白装束と黒装束が入り乱れての斬り合いになった。

その間に、白頭巾とその影は、大勢の白装束に守られながら、悠然と路地の奥へと消えて行った。

五

「こちらでござる」

与力角間弦内は重厚な瓦屋根の長屋門の前で足を止めた。

両開きの扉は閉じられていた。物見窓が両脇についている。

四位孝之助。先手組組頭の屋敷である。

家禄六百石の御目見《おめみえ》の身分に相応しい門構えだ。

角間の用人がすでに訪いを告げていたらしく、文史郎たちが到着すると同時に両開きの扉が開けられた。

門番や若党たちが門前に並び、一斉に腰を屈めて、文史郎たちを出迎えた。

若党の案内で、角間を先頭にして、文史郎、左衛門、小島啓伍が門を潜った。

玄関先に入ると、式台に正座した若侍と初老の侍が文史郎たちを平伏して迎えた。

「これはこれは、目付ご名代様、ようこそお越しくださいました。それがし、四位孝之助の倅忠之助《ただのすけ》にございます。こちらに控えしは、叔父の四位充之助《みつのすけ》にございます」

「わざわざお越しいただき、まことに申し訳ございません」

初老の充之助は、文史郎に頭を下げた。

忠之助は二十五、六歳と見受けられる。

忠之助は文史郎にいった。

「どうぞ、お上がりください。さあさ、どうぞ」

「うむ。では、御免」

文史郎は腰の刀を抜いて、草履を脱ぎ、式台に上がった。角間と左衛門、小島も文史郎に続いた。

文史郎は仏壇の真新しい位牌に線香を上げ、両手を合わせた。

左衛門、角間、小島も代わる代わる線香を上げる。

一通り全員が仏壇への供養が終わると、文史郎は四位忠之助と充之助に向いていった。

「そこもとたち、なぜに、当主、四位孝之助殿が襲われたのか、心当たりはあるのか？」

文史郎は単刀直入に尋ねた。

忠之助は叔父の充之助と顔を見合わせた。いっていいものかどうか、忠之助は迷った様子だった。

角間が静かにいった。

「お目付様のお調べである。包み隠さず、申し上げよ」

「はい。父に恨みを持つ者の仕業だと思われます」

忠之助は大声で答えた。

「いかなる恨みを持つ者だと？」

「分かりませぬ。思い当たるとすれば、奥州天領の代官時代に領民に対して行なった政《まつりごと》について、不平不満を抱く者たちによるものではないかと」

文史郎は角間と顔を見合わせた。

「なに、お父上は代官をなさっておられたと？　いつのことか？」

「四年前のことにございます」

角間が訊いた。

「四年前？　五年前ではないのか？」

「いえ。先手弓頭で奥州奉行の芹沢征蔵様が先手組の軍勢をもって隠れ里の一揆を平定なさったあと、一年ほど経ってから、父が急遽代官に任命され、奥州の天領に赴任した経緯がありますので、四年前のこととなりましょう」

「そのあたりの経緯を話してくれぬか？」

文史郎は訊いた。

忠之助は不審顔になった。

「父が幕府に上げた奥州天領の報告書について、お目通しなされていないのでござるか？」

角間が苦笑いしながらいった。

「目付の梶原龍之介様といえども、すべての報告書に目を通すことはできない。まして、目付配下の我らには、そうした機会はない」

「左様でござるか」

忠之助は目をぱちくりさせた。

「では、奥州奉行芹沢征蔵様の隠れ里掃討の経緯も御存知ないのでござるな」

「ない。いったい、何があったのだ？」

文史郎は頭を振った。

忠之助はまた叔父の顔を窺った。叔父の充之助は話してもいいというようにうなずいた。

「生前、父はそれがしたちに申しておりました。隠れ里の掃討にあたり、芹沢征蔵様は、あまりに苛酷にやりすぎたのではないか、と。一揆鎮圧のため、幕府精鋭の先手弓組を投入し、抵抗する男たちばかりでなく、女子供や老人までも皆殺しにしたのは、あまりにやりすぎだと、申しておりました」

忠之助は話し出した。

そもそもの発端は、北上川上流の一の関近郊の山間地に金鉱脈が発見されたことだった。幕府は直ちに仙台藩に圧力をかけ、その山間地一帯を幕府に割譲させ、天領とした。

その山間地に幕府は大勢の人員を派遣し、試掘を始めたところ、隠れ里を発見した。

仙台藩も知らなかった伝説の里だった。

一の関の村人たちは、その山間の奥の奥には、平家の落武者たちの末裔が住む隠れ里があると聞かされていた。その里人たちは魔物に見入られ、動物や人の肉を食らい、その生き血を啜るとされていた。

一度、その谷間に迷い込んだり、茸狩りや狩猟のため、足を踏み入れ、その里人たちに捕まった者で、二度と下界に帰って来た人はいない、といわれていた。

幕府は、その谷間に大勢の人員を送り込み、あちらこちらで試掘を始めたのだ。

その際、幕府が派遣した調査隊が、伝説通りに谷間の奥にひっそりと住む隠れ里を見付けたのだった。

調査隊の突然の出現に、隠れ里の人々は驚き恐れ、歓迎はしなかったものの、邪魔もしなかった。

ところが、試掘隊が金の鉱脈を掘り当て、幕府が大勢の人夫や坑夫を谷に送り込み、時ならぬ大集落を造るようになってから、雲行きが怪しくなった。

人夫や坑夫には荒くれ者が多く、非番で酒を飲むと女を求めて隠れ里に押し掛け、女を手ごめにする事件が何度か起こった。

怒った里人たちは、里の女を犯そうとした人夫を捕まえて斬殺した。里人たちは幕府の出先の役人に取り締まりを要求したが、坑夫たちの里の女子供への悪業は続いた。

そのうちに、酒に酔った坑夫たちが仲間の仇を討とうと、隠れ里を襲い、たまたまそこにいた男たちを殺し、家々に火を付けた上に、何人かの女を拉致《らち》する騒動があった。

隠れ里の男たちは激怒して、坑夫たちの集落を襲い、報復に何人も斬殺した。里の女たちを奪還し、引き揚げた。

隠れ里の住民たちは、幕府の出先役人に、即刻金山開発をやめて、引き揚げるように要求した。その要求が入れられない場合は、一揆も辞さないと通告した。

幕府の出先役人が、その要求を断ると、武装した里人たちが集落を急襲し、役所の小屋をはじめ、坑夫の小屋に焼き打ちをかけた。

里人たちは武力で坑夫たちを谷間から追い出した。金鉱の出入口を壊し、金山開発ができないようにした。

事ここに至って、幕府は隠れ里の一揆の鎮圧に乗り出す。里人の反抗を制圧するために、先手組の精鋭を出すことに決めたのだ。

そこで幕府は、先手弓頭の芹沢征蔵を奥州奉行に抜擢し、隠れ里討伐を命じた。

忠之助は続けた。

「ところで、隠れ里を調べた役人が、思わぬ発見をしたのです。里人たちが、どうやら隠れ切支丹ではないか、という疑いが浮上したのです。これが事態をさらに悪化させた」

忠之助はいったん言葉を切った。文史郎は左衛門と顔を見合わせた。

左衛門が訊いた。

「どうして、隠れ切支丹だと分かったのですかな？」

「一つは隠れ里の集会所の建物の屋根に、切支丹の印である十字架があったこと。それだけでなく、仙台藩に問い合わせたところ、隠れ里の住民たちは宗門人別帳に登録記載されていなかったのです。どこの寺の檀家でもない。そもそも里には寺がなかったと判明したのです」

「やはり、そうでしたか」

左衛門は納得したようにうなずいた。

角間が口を挟んだ。

「隠れ切支丹といえば、島原、長崎にいるらしい、とは聞いておりましたが、どうして、まったく遠く離れた奥州に切支丹がいるのですかね」

文史郎は訝った。

「そうだな。もし、隠れ切支丹の里だったとして、里人たちは、どこから奥州の山奥に移ってきたというのだ？　お父上は何か申しておられたか？」

忠之助は思案気にいった。

「たしか、父の話では、仙台藩伊達殿が、大昔に部下の支倉常長《はせくらつねなが》を頭とする使節団をイスパニアに送ったことがあったとか。その際、使節団の人々は切支丹となって帰国したと聞いている。その子孫なのではないのか、と申してました」

「なるほど。支倉一族ということか」

文史郎は唸った。

忠之助は頭を振った。

「父によれば、切支丹の隠れ里だと分かった時点から、芹沢征蔵様の方針が決まったそうなのです」

「どういうことかね？」

忠之助は叔父の充之助を見た。充之助がうなずき、話を引き取った。

「そこからは、拙者が申し上げましょう。拙者は、兄孝之助の補佐役として、奥州に同行し、兄とともに見聞きした話でございます」

充之助はいったん呼吸を整えるかのように一息ついて話し出した。

「芹沢征蔵様の方針は、これです。島原の乱の二の舞はしない。火種は小さなうちに消す。それも徹底的に切支丹を討伐して、隠れ里を地上から抹殺するということです」

充之助は忠之助に替わって話を始めた。

奥州奉行芹沢征蔵率いる軍勢約五百人は、隠れ里を三方から包囲し、攻め込んだ。隠れ里には、どうしたわけか、ちょうど男たちが出払っており、女子供、年寄りばかりで、抵抗らしい抵抗はなかった。

軍勢は手当たり次第に里人を殺戮し、家々に火を付けて焼き払った。生き残った里人たちには、一人残らず拷問をかけ、改宗を迫った。それを拒んだ里人は、十字架に磔《はりつけ》にして、見せしめに隠れ里の焼け跡に立てた。

里に帰って来た男たちは怒り、幕府の軍勢に攻撃を仕掛けて来たが、所詮、敵ではなかった。何度も合戦があったが、次第に里人の数は減っていき、最後は数える人数しか残っていなかった。

「拙者も、この目で磔された里人の死体を見ましたが、それは悲惨極まりないものでした。宗門改めも苛酷を極め、正視できぬものでした。さすがの兄も代官として止めさせたことがあります」

「ふうむ」文史郎は顎をしゃくった。

「幕閣も現地から上がってくる報告を目にして、芹沢征蔵様のやり方は、行き過ぎだと思ったのでしょう。兄を代官として派遣すると同時に、奥州奉行を解任して、芹沢征蔵様を江戸に呼び返したのです。その芹沢征蔵様が真っ先に辻斬りの犠牲になったと聞き、さもありなんと思った次第です」

「そういうことだったのか」

文史郎は唸った。

「しかし、芹沢征蔵殿なら、恨みを買って、襲われたと分かるが、どうして、おぬしの兄孝之助殿が恨まれたのだ？」

「兄者は、里人の皆殺しの現場には居なかったものの、捕らえた里人の宗門改めに立ち合い、拷問を止めなかったからでしょう。止めたくても、兄者には権限がなかった。だが、里人たちから見れば、兄者も芹沢征蔵殿たちと同罪だと思われたのでしょう」

「そうすると、辻斬りは隠れ里の生き残りの仕業だというのだね」

文史郎は充之助に尋ねた。充之助はうなずいた。

「ほかに兄者が誰かに恨みを買う理由が思い当たりません。それは、ほかの犠牲者が出る度に、まず間違いなく隠れ里の人々の復讐だと確信しました」

文史郎は訊いた。

「ほかの犠牲者というのは？」

「芹沢征蔵様をはじめ、君島勲之介殿や岩見正重殿、そして木暮伝兵衛殿、大槻弦之丞殿、そして老中安藤華衛門様、いずれも隠れ里や金山開発に携わった人たちです」

「なるほど。芹沢征蔵は奥州奉行として、隠れ切支丹の隠れ里を制圧した責任者として恨まれたのは分かるが、寺社奉行方吟味物調役君島勲之介や大目付方与力岩見正重は、それぞれ、どういう役割を負っていたというのかね？」

「大目付方の岩見正重殿は当時、宗門改めとして、当地で指揮を取っていた責任者です。里人をかたっぱしから捕えては拷問にかけ、改宗を迫った」

「ほう」

「君島勲之介殿は、当時、寺社奉行方の吟味物調役として、現地に赴き、拷問に立ち合いながら、寺請・宗門人別帳を作成なさっていた」

「なるほど。そういうことか」

　充之助は頭を振った。

「では、木暮伝兵衛は？」

「木暮伝兵衛殿は、現地で、勘定奉行方の金山開発経営を担当していた。兄者の話では、木暮伝兵衛殿は、利にさとく、金のためならなんでもやる人だとも。もともとは失脚した勘定奉行大伴大膳の子飼いで、奥州の金山開発には最初から関わり、密かに大伴大膳のために働いているという噂の人だった」

「ふうむ」

文史郎は左衛門と顔を見合わせた。

奥州金山と大伴大膳の繋がりは、この木暮伝兵衛だったのか。

「大槻弦之丞は？」

「大槻弦之丞は、やはり失脚した老中堀部正篤の依頼で、金鉱を求めて、奥州の山々を調査して回った学者です」

左衛門が呻いた。

「そうであったか。殿、だんだん奥州の金山をめぐる人脈の輪郭がはっきりしてまいりましたな」

「うむ。して、老中安藤華衛門は、どういう関係があったのだ？」

「老中堀部正篤様が失脚したあとは、安藤華衛門様が奥州金山について、すべてを引き継いだと聞いてます。そもそもは安藤華衛門様が、堀部様の命を受け、芹沢殿に命じて、隠れ里の抹殺を指示したといわれています。それに対して、やり過ぎだと指弾したのが筆頭老中の飯田信左衛門《いいだしんざえもん》様。飯田様が芹沢殿を奥州奉行の座から下ろし、兄者を代官に任じて、事態を収拾するように命じたということでした。そういう意味では、兄者が一番割を食ったということになるでしょうな」

充之助は溜め息をつき、仏壇に目をやった。

文史郎は大きくうなずいた。

「なるほど。これで、おおよそ、全体の相関関係が分かったぞ。それから、白頭巾たちの今後の狙う人物もな」

角間が訊いた。

「白頭巾は、誰を狙うとおっしゃるのですか？」

「いうまでもないことだ。次に狙われるのは、元老中堀部正篤、そして元勘定奉行大伴大膳だ」

角間は唸った。

「なるほど。そもそもは、その二人が奥州金山開発を指示しなかったら、隠れ里が見つかることもなかったし、大勢が死ぬこともなかったですものな」

文史郎は腕組をして考え込んだ。

白頭巾は隠れ切支丹の隠れ里の、殺された里人たちの復讐をしているのに違いない。

気の毒といえば、こんな気の毒な話はない。

そんな白頭巾を追い、斬るのが正しいことなのか？

文史郎は深い溜め息をついた。

玄関先で、慌ただしく人の足音が聞こえた。

「何ごと?」

　忠之助が大声で若党に問い掛けた。

「目付方与力の角間様に、緊急のお使者が」

「なに、よし。通せ」

　忠之助は大声で命じた。

　やがて、足音が響き、用人らしい侍が仏間の前に現れて座った。

「与力様、昨夜、また白頭巾が現れたとの知らせが入りました」

「誰が襲われたと?」

「はい。堀部正篤様の用人新城春之丞《はるのすけ》殿が斬られました」

「なに、それで、堀部正篤殿は無事か」

「はい。ご無事です。新城殿は堀部正篤様の振りをして屋敷へ帰る途中に、大勢の白頭巾たちに待ち伏せされたとのこと」

　文史郎が訝った。

「なに、大勢、白頭巾がいたというのか?」

「はい。堀部正篤様の用人の話では、新城殿も御庭番を十数人を控えさせ、白頭巾を包囲して捕らえようとしたのですが、それを上回る数の白装束たちに阻まれ、取り逃がしたとのことでした」

「なんと、白頭巾がそんなに多数いるというのか」

文史郎は左衛門や小島と顔を見合わせた。

六

屋根舟は船着き場を離れた。

文史郎は陽射しを避け、舟の桟敷に座り込んだ。開いた窓から掘割の水面を渡る爽やかな微風が入って来る。

「相談人様、先程の話、いかが思われましたか？」

角間が額の汗を手拭いで拭いながら訊いた。

文史郎は団扇を扇ぎながらいった。

「白頭巾が抹殺された隠れ里の人だとしたら、殺された里人たちの仇を討ちたいと思うのは、当然のことだのう。もしかすると、白頭巾は肉親や兄弟姉妹、慕っていた女子などを殺された男かもしれない。事情が分かってくると、白頭巾に同情するのう」

「しかし、殿、隠れ里の里人は、切支丹伴天連ですぞ。どんな妖術や魔術を使うか分からない。恐ろしいではないですか」

左衛門が身を竦《すく》めた。文史郎は笑った。

「爺ともあろう強者が、切支丹を恐れるのか?」

「恐いというのではなく、なんとなく恐ろしいような気がするのですが。そういう殿は平気でござるか?」

「平気だ。切支丹とて人の子。我らと変わりがない」

角間が口を挟んだ。

「ですが、切支丹は何をするのか分かりませんぞ。島原の乱を起こした連中ですからな。切支丹は国禁でござる。国禁を破りし者は死罪となっております」

文史郎は頭を振った。

「角間、おぬしは、まだ若いのに頭が古いのう。まるで爺のようではないか。いまは、そんなことをいっている時代とは違う」

「どう違うと申されるのか?」

「おぬし、蘭学は修めたことがあるか?」

「いえ。それがし、いたって蘭学には疎《うと》いものでござって。蘭学を学ぶには、和蘭語《オランダ》を習わねばならぬのでしょう? それがし、あのみみずがのったくったような文字を見ると寒気がいたしまして」

角間は頭を掻いた。文史郎は笑った。

「蘭学を少しでも噛《かじ》れば、その素晴らしさが分かる。異国の世界は広いぞ。おぬし、我らが立つ大地は平らではなく、丸いのを存じておるか」

「はい。一応。信じられないのですが、そのようでござるな」

「大船で、ここから西へ西へと進めば、いつかここへ戻ってくる。おぬし、地球儀を見たことがあろう？」

「はあ。見たことはありませぬが、そのような物があるとは聞いております」

「その地球儀を見ると、異国は和蘭だけではない。エゲレスやメリケン、イスパニアなどたくさんある。我が国は、いままで鎖国をして来たが、そろそろ開国して、世界の諸国と交易をし、異国の進んだ文化を取り入れねばならぬ」

「しかし、毛唐《けとう》は野蛮ではないですか」

「異国人が野蛮だというが、それは見かけだけだ。野蛮人がどうして優れた鉄砲や大砲、軍艦を造れるのだ？　医学一つとっても、異国人の方が進んでおるぞ」

「それは、まあ、そうですが」

角間は顔をしかめた。

「彼ら異国人は、みんな切支丹だ。これから異国人と付き合うのに、切支丹伴天連などといって恐れていては付き合うこともできんぞ」

「はあ」

「薩長《さっちょう》など西国の大藩は、口先で攘夷《じょうい》をいっているが、裏では異国と交易して、進んだ武器を買い付けている。幕府も、早く開国して、そうした異国と交易しないと、薩長などに遅れを取ることになろう。だから、無用に切支丹などを恐れる必要はない」

「そうかもしれませんが、まだ幕府の定めた切支丹は国禁だとする方針は変わりません。国禁を破った者は死罪も止むを得ません」

角間は頑なだった。文史郎は笑った。

「まあ、いい。この話はやめよう。おぬしは幕臣の規範ともなる目付方だものな。役目柄、そういわざるを得ないのも無理はない」

「……申し訳ござらぬ」

角間は目を伏せた。

「話を戻そう。角間、堀部正篤の宅は、いずこにある？」

「役所に戻れば、知っておる者がおりましょう」

「ならば、至急に調べてくれ。白頭巾が堀部正篤待ち伏せに失敗したとなると、必ず再度、堀部正篤を狙うに違いない。それがしたちも、張り込みたい」

角間はうなずいた。

「そうでござるな。堀部正篤殿も、自分が狙われているのを十分に承知している様子ですな。分かりました」

「それから、元勘定奉行の大伴大膳の屋敷も調べてくれ。堀部正篤だけでなく、おそらく大伴大膳も狙われておるはずだ」

「分かりました。相談人様、ところでこれからお訪ねする相手ですが、以前、勘定奉行方にいて、殺された木暮伝兵衛殿と同輩だった河西数之進《かわにしかずのしん》と申す方です。河西殿は大伴大膳のやり方に反対して辞職に追い込まれた御仁です。ですから大伴大膳のことをよく存じているはずです。河西殿に大伴大膳殿の屋敷などについて尋ねてみましょう」

「うむ。分かった。そうしよう」

文史郎はうなずいた。

ほんとうなら木暮伝兵衛の遺族を訪ねるところだったが、角間が打診したところ、忌中で喪に服しているとして体《てい》よく断られた。

った。

勘定奉行方は、依然として、前任者である大伴大膳の影響が残っており、口が堅かった。

仕方なく角間は大伴大膳の裏事情について知っている元同僚の河西数之進にあたることにしたのだった。

「角間様、そろそろにございます」

船尾の船頭が声をかけた。

「おう、そうか」

文史郎は窓の外に目をやった。

掘割の左右には、武家屋敷の家並みが連なっていた。緑の鬱蒼とした森に囲まれた寺院も見える。

河西数之進は、勘定奉行方与力を辞職したのち、無役の小普請組に回され、閑職に甘んじていた。

河西は年老いた母親と妻の三人で、小普請組の武家長屋の一軒に住んでいた。屋根のない冠木門が門構えの微禄の身分だ。

河西は角間の話を聞き、腕組をした。

「そうでござったか。木暮伝兵衛殿の遺族にも会えず、断られたのですか。おそらく上から箝口令が出ておるのでしょう」

文史郎は訊いた。

「上というのは？」

「現勘定奉行の笹川剛輔《ささがわごうすけ》様です」

「なぜに、勘定奉行は箝口令を出したと見ている？」

「一の関の山間にある隠し金山のことが、世に出てしまうからでしょう。表向き、あそこは閉山したことになっております。だが、実際は採掘がなされており、かなりの金を産出しているはず」

「なぜ、隠しているのか？」

「それは決まってます。産出した金は幕府の金蔵には入れられず、失脚したはずの元勘定奉行大伴大膳殿の懐に入っているからです」

「そんなことが許されるのかのう？」

「それが政治というものです。公金がいつの間にか、誰かの懐に入るというのは、いつの世にもございましょう」

河西は皮肉を込めた笑いを頬に浮かべた。

角間が訊いた。

「金山開発方木暮伝兵衛は、その一の関の隠し金山で、どのような役割を果しておったのだ?」

「あの金山が発見されたとき、私はあくまで幕府の資金を投入して開発すべきだと、勘定奉行大伴大膳様に口を酸っぱくして申し上げたのです。だが、大伴大膳殿は私の意見具申を突っぱねた。それに対して木暮は、私と反対に、民の力だけで金山を開発すべしとし、札差《ふださし》や大商人から資金を募ったのです」

「なぜ、民の力だけでとしたのか?」

「木暮曰《いわ》く、金鉱がほんとうにあるのかどうか、試掘してみなければ分からない。そんな、あたるも八卦、あたらぬも八卦のような蘭学者のいい加減な予想に幕府の資金を遣うわけにはいかない、と。一応、これは正論ではあったのですが、大槻弦之丞殿はかなりの確率で金鉱をあてることに自信を持っており、それを知った上での黒幕たちが仕組んだ陰謀だったのです」

「黒幕たちが仕組んだ陰謀?」

文史郎は角間と顔を見合わせた。

「そうです。木暮は黒幕たちの先兵となって、陰謀の片棒を担いでいた。当然、木暮も甘い見返りがあってのことでしょうが」

「その黒幕たちとは誰のことか？」

河西は困った顔をした。

「黒幕たちというのは、当時、私の上司で、勘定奉行だった大伴大膳殿、それから、幕閣の老中堀部正篤。この二人は分かっています。だが、私が考えるに、彼らの背後に、もっと大きな黒幕がいるはず」

「それは、いったい誰だ？」

「それは、私には分かりません」

「分からない？」

「分かっているのは、元老中堀部正篤や元勘定奉行大伴大膳が、汚職や陰謀で一度は失脚したはずなのに、なぜか、いまも隠然たる力を持っており、幕政を背後から操っているということ。その彼ら二人の力の源泉は、一つには、隠し金山から上がる金であることは明らかです。だが、金があるだけではない。その金を見返りにして、誰かが二人を守っている。その背後にいる人が真の黒幕ということなのでしょう」

「いったい、真の黒幕は誰なのだ？」

文史郎は角間や左衛門、小島の顔を見回した。三人とも頭を振った。

筆頭老中の飯田は、越後柴田藩のお家騒動にからみ、汚職をした廉で、堀部正篤を老中から下ろし、大伴大膳を罷免して、新しく笹川剛輔を勘定奉行に据えた。

だが、いまから思えば、二人とも一定の期間、閉門蟄居し、その後引退することで許された軽すぎるほどの処罰だった。

おそらく、あの軽い処分も、背後にいる大黒幕が幕閣に圧力をかけてのことだったのだろう。きっと二人は隠し金山の金を遣って、背後の黒幕に守ってもらったのだろう。

文史郎は、兄の大目付松平義睦がいっていた三つ巴の争い——将軍の跡目相続をめぐり、御三家の紀伊、水戸、そして尾張が争っているという話を思い出した。

もしや、堀部正篤、大伴大膳の二人は、それら三つの勢力のどれかと手を結んでいるというのか?

文史郎はあらためて河西に問うた。

「貴殿が、まだ勘定奉行の大伴大膳に仕えていたころ、大伴大膳は御三家とか御三卿の誰かのところへ出入りしていた、ということはないか?」

河西は困った顔をし、しばらく考え込んだ。

「大伴大膳殿は、勘定奉行のころ、水戸家の御家老相馬《そうま》市兵衛《いちべえ》殿と行き来がありましたね。おそらく、いまも水戸家の御家老相馬市兵衛をはじめとする要路たちとは縁が深いはずです」

「そうか。御家老相馬市兵衛のう。大伴大膳は水戸と繋がりがあったか」

文史郎は左衛門と顔を見合わせた。

左衛門が訊いた。

「堀部正篤も老中時代、大伴大膳といっしょに、水戸家に出入りしていたのですかな」

「いえ、堀部正篤殿が、大伴大膳殿といっしょに水戸家の御家老たちに会ったとは聞いていませんね。堀部正篤殿は、たしか紀伊家の御家老今藤公衛門《こんどうこうえもん》殿と親しかったはず」

「御家老今藤公衛門か。しかし、堀部正篤と大伴大膳は、別々にではなく、二人組んでいたのではなかったのか？」

「二人組んではいましたが、いつもいっしょというわけではなかったと思います」

河西はいったん考え込んだ。

「そうそう思い出しました。大伴大膳殿が一度こぼしていたことがありました。水戸家は、時々無理難題をいって来るが、老中堀部正篤殿によると紀伊家はなかなか話が分かってくれるそうだ、と。自分が紀伊家を受け持てばよかったと嘆いていたことがあった」

　文史郎は思わずいった。

「そうか。二人は、それぞれ御三家のうち紀伊と水戸を分担しておったのか。では、尾張は、どちらが親しかったのだ?」

「さあ、どちらも尾張家には出入りしていなかったのでは?」

「なぜかな?」

「堀部正篤殿も大伴大膳殿も、利に敏い人たちです。紀伊家、水戸家のどちらが次期将軍を継いでもいいように、両方に接触していたのだと思います」

「なるほど。そういうことか……」

　文史郎は腕組をして唸った。

「いまの勘定奉行笹川剛輔は、どのような立場なのかな?」

「といいますと?」

「いまの勘定奉行笹川剛輔は、紀伊派についているのか、それとも水戸派か尾張なのか、あるいは、どこにもついていないのか?」

「笹川剛輔殿は、昔から知っている人ですが、どことも関係はないと思います。清廉潔白。あえていえば、政治力のない、真面目な官吏といったところです。彼は幕閣の中では筆頭老中の飯田様に近いか、と思います」

「そうか。飯田か」

筆頭老中飯田信左衛門は、勤王開国派として知られている。そのため、同じ勤王開国派の水戸家に近い立場で、彦根藩など保守佐幕派の反発が強く、これからの幕政運営の難航が予想されていた。

しばらく客間に沈黙が流れた。

やがて角間が口を開いて訊いた。

「話は戻るが、貴殿は、木暮伝兵衛殿が、なぜ辻斬りに待ち伏せされて殺されたのか、どう見ておる？」

「噂では白頭巾に斬殺されたとか。……昔の仲間から聞いた話でしか、判断できませんが、奥州の天領での金山開発で、木暮伝兵衛はだいぶ無理をしたと聞いてましたから、それで恨みを買ったのでは」

「どんな無理をしたと？」

「金山を開くために、そこにあった山里を焼き払い、里人を口封じに皆殺しにするよう、上司の勘定奉行大伴大膳を通して、老中堀部正篤に申請したと聞きました。それで、先手弓組の軍勢が出陣し、里人を皆殺しにして、そこに金山があるのを知られないようにしたと。だから、その先手弓頭の芹沢征蔵が殺され、大槻弦之丞が殺され、木暮伝兵衛も斬られたと聞いて、きっと生き延びた里人の報復が始まったのだろう、と思いましたね」

「なるほどのう」

文史郎はうなずいた。

河西は冷静に事態を見て判断している。好ましい男だ、と文史郎は思った。

「しかし、その白頭巾も、私から見ると、怪しい」

「ほう、どう怪しいのだ？」

「一見、復讐に見えますが、もしかすると、背後に、白頭巾を巧みに操る黒幕がいるかもしれない」

「なぜ、そう思うのだ？」

「老中安藤華衛門殿まで暗殺したというのでしょう？　それも白頭巾は老中の屋敷にまで乗り込んで、暗殺したと聞きました。そんなことは、普通できることではない。誰かが背後から手引きしてやらせたと見るのが妥当なところではないですか」

文史郎は角間や左衛門と顔を見合わせた。

文史郎は、自分が疑問に思っていたところをあらためて突かれ、その通りだと思った。

第四話　陰謀

一

玉吉は手代の案内で、呉服店三井越後屋《みついえちごや》の店先に足を踏み入れると、柱の陰に隠れ、広い店内を見回した。

間口九間奥行四十間の店内では、大勢の女の客を相手に手代たちが応対していた。

「一番奥の席におられるお嬢様ではないかと」

手代の由吉《ゆきち》が玉吉に囁いた。

奥の間で、やや年増《としま》の女中とともに、艶やかな武家娘が、いくつかの反物《たんもの》を前にして、手代からあれこれと説明を受けている。

娘から少し離れて傅役らしい老侍と護衛の供侍の二人が油断のない面持ちで正座し

ていた。

二人は刀を左側に置いている。いつでも、すぐに抜刀できる体勢だ。

武家娘は女中と親しそうに反物を手に取り、言葉を交わしている。

娘の口許には、確かに艶黒子が見えた。

髪型こそ島田髷だが、富士額の瓜実顔は瓦版に描かれた絵の女武芸者によく似ている。

「ありがとよ」

玉吉は懐から紙に包んだ金子《きんす》を由吉の袖の下に入れた。

「玉吉さん、くれぐれも……」

「店には迷惑はかけねえよ。安心しな」

玉吉は由吉の肩をぽんと叩き、尻端《しりはし》折《よ》りをして店から外へ出て行った。

店の外では、手下の音吉《おときち》が待っていた。

「どうです、今回の娘は？」

「いままでで一番の別嬪《べっぴん》娘だ。当たりかもしれねえ」

店の前には駕籠が何台も置いてある。陸尺《ろくしゃく》が駕籠の脇に屯《たむろ》し、キセルを吹かしたり、雑談しながら、主人の帰りを待っていた。

玉吉は通りの賑わいを見ながらいった。

「用意は？」

「万端です」

音吉は通りのあちらこちらで行商をしている男たちに顎をしゃくった。

「絵師の松風《しょうふう》さんは？」

「まもなく来るはずです」

音吉は掘割に顎をしゃくった。

ちょうど船着き場に猪牙舟が着いた様子で、町奴に案内された絵師の松風がのっそりと現れた。

「またまた御呼び立てしやして、申し訳ありません」

玉吉は松風に頭を下げた。

「玉吉さん、あんただから、こうしてやっては来るが、大概《たいがい》にしてくださいよ。あたしも忙しいんだから。明日の瓦版に間に合わせねばならないんでね」

「へい。分かってます。申し訳ありません。ですが、絵師の松風さんしか、摩耶姫を見ていないんで。今度こそ当たりかと」

「そうかい。わたしも、いま一度、お目にかかりたいもんだ、と思うからこそ、こうして来るが、なかなか本物に当たらないんで、つい愚痴になっちまう。まあ、いいさ。摩耶姫ほどではないが、いろいろな美人にお目にかかるのもまた楽しいんでね」

「済みません。何度も足を運んでいただいて」

「兄貴、出て来やした。あの武家娘で？」

音吉が囁いた。

三井越後屋の店先に傅役の老侍を従えた武家娘が現れた。番頭や手代たちがぺこぺこと腰を折っている。

護衛の供侍があたりを見回し、駕籠の陸尺たちに何ごとかを指示した。

「松風さん、あの媛《ひめ》でやすが」

絵師の松風は目を凝らし、じっと武家娘を睨んでいた。

傅役の老侍が松風や玉吉に気付いたらしく、供侍に何ごとかをいった。供侍もじろりと松風や玉吉を睨んだ。

玉吉は顔を背け、松風に訊いた。

「どうでやす？」

「似ている。確かに、よう似ている。それに、美しい。まこと美しい」

松風はうっとりとした顔で武家娘を眺めた。

武家娘はきりっとした立ち居振る舞いで、番頭や手代に頭を下げると、駕籠に乗ろうとした。

お付きの女中も、番頭や手代たちと挨拶を交わしている。

武家娘は駕籠に乗り込むとき、松風の視線に気付き、ちらりと顔を上げた。

「ううむ。あの方です。間違いない。摩耶姫様です。なんという変化でしょう。若侍姿のときの凛凛しさといい、お姫様姿といい……」

松風はうっとりした顔でいった。

摩耶姫は松風に微笑んだ。

思わず松風は深々と頭を下げた。つられて玉吉も姫に頭を下げた。

こちらに警戒の目を向けていた傅役の老侍と供侍は、それを見て苦笑し、顔を見合わせた。

姫を乗せた駕籠は静々と動き出した。駕籠の傍らを女中が歩く。駕籠の左右を老侍と供侍が護衛するように歩を進めた。

「音吉、あとは頼んだぞ」

玉吉は小声で音吉にいった。

「へい。では」

音吉はさりげなく歩き出し、駕籠を尾行しはじ

「松風さん、ありがとうございやす。助かりやした」

玉吉は懐紙に包んだ金子《きんす》を松風に渡した。

「おう、こんなに貰っていいのかな」

「その代わり、お願いが」

「何かな?」

「あの摩耶姫の美人画を描いてくれませんか。あげたい人がいやすんで」

「いいよ。御安い御用だ」

松風はうなずいた。

「じゃあ。お家まで送りいたしやす。こちらへ」

玉吉は松風を船着き場に停まっている舟に促した。

二

夜がしんしんと更《ふ》けはじめた。

月は細い三日月になり、星空に架かっている。

元勘定奉行の大伴大膳は、微酔い加減で、窓から無数に輝く星空を眺めた。

そろそろ月が隠れ、新月になるのか。月日が経つのは早いものだ。

大伴は傍らの若い芸妓の肩を抱きながら物思いに耽っていた。

「大伴様、うまく事が運び、水戸殿の思惑通りに慶喜《よしのぶ》様がお世継になられましたら、私どもにぜひ……」

「くどいぞ、豊島屋《としまや》。もう、なんども聞いた。判っておる」

「これはこれは、失礼いたしました。豊島屋としたことが。どうか、ご機嫌をお直しくださいますよう」

豊島屋仁兵衛《じんべえ》は、なんども頭を下げて、大伴大膳のご機嫌を取った。

「さあさ、芸者衆、大伴様にお酌をして。さあ、大伴様のため踊りをお見せしなさい」

「はいはい。さ、大伴様、お酒をどうぞ」

若い芸妓が大伴に寄り添うようにして、お銚子を大伴の盃に傾けた。

賑やかな三味線が弾かれ、芸妓たちが踊りはじめた。

「まだ米助《よねすけ》は来ないのか」

大伴は酒を飲みながら不機嫌そうにいった。店の[illegible]何度も頭を下げた。

「大伴様、ほんとうに申し訳ございませぬ。辰巳《たつみ》芸者の米助は、ああいう性格でございまして、いくら金を積んでも首を縦に振らないのです」

「気位が高いのう。金ならいくらでも出そう、といっておるのに、駄目だというのか」

「はい。申し訳ありません」

「いま米助は馴染みの座敷におるのか」

「はい。左様で」

「馴染みの客というのは？」

「剣客相談人のお殿様でございます」

「なに剣客相談人のお殿様だと？　なんだそれは？」

大伴は目を剝いた。豊島屋仁兵衛が番頭に代わっていった。

「長屋のお殿様でしてね。もともとほんとうのお殿様だったそうですが、いまは若隠居の身で、趣味で、いろいろな揉め事のよろず相談に乗ってくれているそうです」

「そんな得体の知れぬやつの座敷に出て、それがしの座敷には顔も出さぬというのか。けしからん」

大伴は肩を抱いていた芸妓を突き飛ばして立ち上がった。

「どうなさいました、大伴様」

「わしは不愉快だ。帰る。陣内《じんない》、帰る用意をいたせ」

大伴は大声で隣の間に控えていた供侍にいった。

陣内と呼ばれた供侍は控えの間から返事をした。

「はい、ただいま、ご用意いたします。少々お待ちください」

陣内は配下の侍たちに帰る支度をするように命じた。数人の侍が階段を駆け降りて行った。

大伴はよろよろと歩き出した。あわてて豊島屋仁兵衛や番頭が大伴を支えた。

陣内が大伴を止めた。

「お館様、少々、お待ちください。舟を用意いたしますゆえ」

「分かっておる。その前に、米助の座敷を覗いて、その長屋のお殿様とやらに挨拶して行く。案内せい」

「お館様、おやめください」

豊島屋や陣内が必死に止めた。

「陣内、わしの命令が聞けぬというのか」

「いいえ、そういうことではございませぬ。ここで揉め事を起こされては」

「揉め事？　大丈夫だ。わしは、ただ一言、挨拶したいだけだ」

大伴は陣内や豊島屋の手を振り払って、廊下へ出た。

「番頭、案内せい」

大伴は陣内の止めるのも押し退け、よろよろと歩き出した。


文史郎は米助の酌を受け、盃の酒をあおるように飲んだ。

「米助、ほんとうにいいのか？　馴染み客を放っておいて、それがしのような、たまにしか来ない客を相手していて」

文史郎は米助の艶姿《あですがた》に目を細めながら盃を差し出した。

丸行灯の蠟燭の明かりに照らされた米助はしどけなく膝を崩して斜め座りをし、陶然とした笑みを浮かべている。

「いやですよ、お殿様。お殿様は、たまにしか御出でになられぬけど、米助の恩人。馴染み客のなかの馴染み客じゃありませんか。以前になんていってらしたですか？」

「ほう。それがし、何かいったか？」

「もう、お忘れになった？　憎い御方」

米助は文史郎の膝の着物をきゅっと抓《つね》った。

「痛てて」

「離れてはいても、余の心は、いつもそなたの傍らにいるぞ、とおっしゃっていたのは、どこの誰ですか？」

「お、そんなことをいったかのう」

文史郎は頭を掻いた。隣に座っていた左衛門が、酒を飲みながら、くすりと笑った。

「爺、余はそんなことをいったかな」

「殿は、最近、物忘れがひどいですから」

「ほうれ、左衛門様もおっしゃっておられるでしょう。お殿様、いいました。観念なさい」

米助は文史郎にしなだれかかり、盃にお銚子の酒を注いだ。

「さあさ、もっとお酒を召し上がれ」

廊下の先の座敷が、少し喧《やかま》しくなった。客が酔って怒鳴っている。

「米助、突然に呼び出したのは、なにも、それがしに、そんな嫌味をいいたいが故ではなかろう。いったい、なんの相談なのだ？」

「あらあら、ばれました？」

米助はちらりと舌を出した。

「じつは、しつこく私を身請《みう》けしたい、という客がいるんです。私のためなら、いくらでもお金を積むから、わしの妾《めかけ》になれと」

文史郎は笑った。

「さっさと断ればいいではないか。辰巳芸者は、金で芸を売っても、心は売らぬと啖《たん》呵《か》を切って」

「ま、憎い方。米助はいくら金を積まれても、嫌いな男には身も芸も売りませんよ」

「断ったのか？」

「もちろんですよ。でも、しつこく、その後も押し掛けてきて、私の馴染み客に、裏からあの手この手で嫌がらせをするんですよ」

「たとえば？」

「ある呉服店には、ごろつきを送って、商売の邪魔をしたり、脅しをかけたり」

「それはひどい」

「ある藩の留守居役のお侍さんには、公儀の者を派遣して、お家騒動の疑いがある、調べによっては、藩のお取り潰しになるかもしれない、と脅す。幕府の金をいくらでも動かせるらしく、金をちらつかせ、そんな嫌がらせばかりして、私をなびかせようというのですよ」

「どこのどいつだ、そんなことをするのは」

「幕府の元勘定奉行をしていたという大伴という男です」

「大伴？」

文史郎は左衛門と顔を見合わせた。

「ええ。大伴大膳という成金の嫌味なやつ」

文史郎は驚いた。偶然といえば偶然だが、まさか、いま追っている大伴大膳が米助に迫っているとは、世間も狭いものだ。

「その大伴大膳は深川へよく遊びに来るというのかい」

「ええ。金をありあまるほど持っているらしく、幕府の官吏を辞めさせられても、何か利権を持っているらしく、いつも酒池肉林の豪遊しているんです」

「で、それがしに、どうしろと？」

「私のまぶ情人《いろ》になってほしいんです。お殿様なら、あいつも手を出せないでしょう。だから、文史郎様を情人にしていれば……」

廊下が騒がしくなった。引き止める声と酔った濁声《だみごえ》、それに、踏み歩く足音が響いた。

「あらあら、噂をすれば影。いま、ここに現れますよ」

米助は文史郎にしなだれかかった。

「米助の座敷は、ここか」

「お館様、どうかおやめくだされ」

争う声が聞こえた。ばたばたと廊下を踏み鳴らす音が響き、いきなり障子戸ががらりと引き開けられた。

赤ら顔の狸顔が障子戸の陰から現れ、座敷を覗いた。

「米助はここか？」

米助は返事もせず、文史郎の胸に顔を埋めた。文史郎は戸惑いながらも、米助の肩を抱いた。

「おい、米助、そいつがおまえの馴染みの客だというのか」

「お館様、おやめください」

供侍や番頭が狸顔の男を両側から押さえた。

「そうです。このお殿様が私のまぶ情人でございます」

「なに、お殿様だと？　そんなやつが殿様なものか。どうせ、どこかの殿様の名を騙った詐欺師であろう」

左衛門が立ち上がった。

「無礼者、何奴だ！」

「わしか？　わしは元勘定奉行大伴大膳だ。爺じいは引っ込んでおれ。いまに、わしは幕閣になり、おぬしのような者は叩き潰してやる」

いきなり、米助が文史郎の胸から顔を離し、大伴大膳に向き直って正座した。

「大伴様、あんたが、どんなに偉いか知らないけど、あちきからすれば、ただの薄汚い成金のどぶ鼠だよ。その汚い面《つら》を味噌汁で洗って、おととい出直しな」

「な、なに、芸者の分際で武士を馬鹿にしおって、許せぬ」

大伴はよろめきながら、腰の刀を手で探した。

「へえ。武士が泣いて呆れるよ。腰の物がなければ、大小は下の内所に預けてある。さ、斬れるものなら斬ってみな」

米助は白い肌の首を差し出した。

「おのれ、下郎め。陣内、刀を持て。手討ちにしてくれん」

大伴大膳は激怒して供侍を怒鳴り付けた。

「お館様、おやめくださいませ」

陣内と呼ばれた供侍が必死に大伴を止めた。

文史郎はすっと立ち上がった。米助を背に庇い、大伴に向き直った。

「元勘定奉行の大伴大膳とやら、やめなさい。みっともない。元幕府の要路なら、要路らしく節を持って大人しく引き揚げなさい」

「な、なんだ、貴様は。しゃらくさい。下郎は引っ込んでおれ。でないと、腐れ芸者ともども手討ちにしてくれるぞ。陣内、早く刀を持て」

左衛門が大伴に怒鳴った。

「無礼者、こちらは……」

「爺、いいから黙っていてくれ」

文史郎は左衛門を制し、大伴に向き直った。

「元勘定奉行大伴大膳とは、おぬしのことか。おぬしの悪業、聞いておるぞ。おぬし、奥州の天領で、己たちの金山開発のため、隠れ里を焼き払わせ、里人を皆殺しさせたそうだな」

「な、何をいう」

大伴大膳は顔色を変えた。

「あまつさえ、失脚したのちも、その隠し金山から、いまも大金を得て、私腹を肥やしているそうだな」

「……おぬし、何者？　なぜ、そのようなことを？」

大伴はうろたえた。文史郎は笑いながらいった。

「拙者、相談人の大館文史郎。幕府の目付から、おぬしらの所業を探るよう依頼されておる」

「な、なんと、公儀だったのか」

大伴大膳は青くなった。

「おぬしらが、なぜ、白頭巾から狙われているのかも、ようやく分かった。おぬしら、相当のワルよのう」

「……陣内、帰るぞ、舟はまだか？」

「はい。ただいま」

廊下を新たな供侍が一人駆け付け、陣内と呼ばれた侍に耳打ちした。陣内はうなずき、大伴にいった。

「お館様、下に迎えの舟が来ました。すぐに屋敷へお帰りいただきたく」

「……分かった。引き揚げよう」

大伴大膳はようやく我に返った様子で、憤然としたまま、陣内とともに歩み去った。

「爺」

文史郎は左衛門に目配せした。

「では」

左衛門はうなずくと、そそくさと座敷を出て行った。

「左衛門様、どちらへ？」

「あの大伴大膳のあとを尾《つ》け、屋敷がどこかを確かめる。ところで、米助、あれでよかったか。もう二度と、おぬしを妾になどとはいって来まいて」

「お殿様、ありがとうございました。私もいいたいことがいえて、胸がすっきりしました。お殿様がいてくれたおかげです。さあ、お座りになって」

文史郎はあらためて席に戻り、座り直した。

米助は銚子を手に文史郎の盃に酒を注いだ。

「お殿様、ほんにお久しうございました。今夜はゆっくりしていらしてもいいのでしょう？」

「うむ、まあいいか」

「米助は、うれしうございます」

米助はまた膝を崩し、文史郎にしなだれかかった。

「今夜は帰しませんよ」

き寄せた。

「うむ」

文史郎は米助の匂い立つ色香に胸がときめいた。思わず盃を取り落とし、米助を抱き寄せた。

「あれ、文史郎様。人が来ます」

文史郎は抗う米助の口を吸いながら、軀を抱き、その場に倒れ込んだ。

階段を駆け上がる足音が響いた。

「殿、殿、たいへんでござる」

左衛門の呼ぶ声が聞こえた。

「不粋な」

文史郎は米助の軀から離れた。米助は慌てて着物の前を合わせ、乱れた髪を手で押さえた。

「殿……たいへんです」

勢い込んで入ってきた左衛門は、文史郎と米助の様子に気付いていった。

「おっと失礼。お邪魔でしたかな」

「爺、いったい、なんの騒ぎだ」

文史郎は苛立った声で尋ねた。

「はい。あのう」

「どうした？」

「大伴大膳が白頭巾に待ち伏せされ、襲われました」

「なぜ、もっと早くいわぬ。行くぞ」

文史郎は立ち上がり、帯を締め直した。

米助が憂い顔でいった。

「お殿様、もう行かれるのですか」

「済まぬ。この続きは、必ず……」

「お待ちしています。きっとですよ」

「分かった。きっと来る」

文史郎はいいながら、階段を駆け下りた。左衛門があとに続いた。

「女将、刀を持て」

「はい、お殿様」

内所から女将が刀を持って走り出た。

文史郎は大小を腰の帯に差しながらいった。

「爺、どこだ？　案内せい」

「はいっ。こちらでござる」

左衛門は玄関から走り出た。文史郎は左衛門のあとを追った。

三

夜目にも分かる白頭巾姿の侍が、舳先に飛び移った。

大伴大膳は震えた。すでに船頭は水に飛び込み、岸辺に泳ぎ着いている。

大伴の乗った舟の行く手を塞ぐように、一隻の屋根舟が舳先に丁の字に船体を横付けしている。

背後にも、白装束姿の侍たちが乗った舟が横向きになって逃げ道を塞いでいた。

護衛の供侍が乗った猪牙舟は、白装束たちの猪牙舟に横付けされ、みんな川面に叩き落とされた。

大伴の猪牙舟に乗っていた陣内は、飛び移った白頭巾の一撃で川面に落ち、手足を動かしてもがいていた。

「汝、悔い改めよ」

白頭巾が舳先に立ち、刀を大伴に向けながらいった。

「おぬし、女か」

「……悪しき證人《あかしびと》は審判《さばき》を嘲り《あざけ》　悪者《あしきもの》の口は悪を呑む　審判は嘲笑者《あざけるもの》のために備へられ　鞭は愚かなる者の背のために備へらるる……」

「しゃらくさい。拙者、神道無念流皆伝。女ごときに負けはせぬぞ」

大伴は刀を抜き、白頭巾に立ち向かった。舟は揺らぎ、大伴の軀も揺らぐ。

「汝、裁きを受けよ。これは天罰なり」

白頭巾は静かにいい、刀で十文字を描いていく。

大伴はよろけた。知らぬうちに白頭巾の刀に吸い込まれていく。踏み止まることができない。

大伴は堪らず白頭巾に刀を突き入れた。

瞬間、白頭巾の白刃がきらめき、大伴の胸を斬り裂いた。よろめき立つ大伴の軀を二度までも。

大伴はのめり込むように、舟から水面に落ちていった。それは奈落の底への道でもあった。

四

文史郎と左衛門が乗った猪牙舟は水面を波を蹴立てて進んだ。

掘割の前方で水音が立った。白装束姿の人影が淡い月明かりの下で動いている。

すでに闘いは終わり、白装束たちの舟は引き揚げはじめていた。

文史郎は月光に照らされた行く手の掘割を凝視した。三隻の舟が舳先を大川への出口に向けて逃げて行く。一隻の屋根舟を守るようにして、残る二隻の猪牙舟が漕ぎ去って行く。

「遅かったか」

文史郎は臍《ほぞ》を嚙んだ。

いま少し早く駆け付ければ、白頭巾の姿を見ることができた。

船頭は必死に櫂を漕いでいた。最高速度まで上がっている。これ以上、舟脚を速めることはできそうにない。

猪牙舟はようやく襲撃現場に差しかかった。

転覆した舟や船頭のいない舟の船体に、溺れかけた侍たちがすがっていた。

どうやら、その侍たちは自力で岸へ近寄れそうだと文史郎は判断した。

「ほかに溺れている者はいないか？」

文史郎は、暗がりの中、まだ手足をばたつかせている侍がいるのに気付いた。

「……助けてくれえ」

「船頭、あの男を助ける」

文史郎は船頭に命じて、侍の近くに舟を寄せた。文史郎が侍の着物の襟首を摑み、左衛門が腰の帯を摑んで、二人がかりで侍を舟の上に引き摺り上げた。

「かたじけない」

陣内と呼ばれていた侍だった。びっしょりと濡れた着物から血が流れているようだった。

陣内は右腕を斬られていた。左衛門が下緒《さげお》で腕の付け根をきつく縛り上げた。

「やつらを追ってくだされ」

陣内は真っ直ぐに伸びた掘割の先を指差した。

掘割をそのまま行けば大川に出る。

「船頭、急げ。まだ追い付けよう」

船頭は櫂を漕ぎ出した。猪牙舟は勢いを取り戻し、白装束たちを追いはじめた。

三日月の光だが、屋根舟と二隻の猪牙舟の姿は掘割の先に見えた。舟脚が遅い屋根舟がいるため、猪牙舟も速度を上げられない様子だった。

「爺、提灯の灯を消せ。相手に追っているのを気付かれる」

「はい」

左衛門は舳先に立てたぶら提灯の灯を消した。あたりが青白い月明かりだけになり、暗がりが押し寄せてくる。

逆に、屋根舟と二隻の猪牙舟は、舳先にぶら提灯の灯を点けた。夜、舟を動かすときには、提灯を掲げねばならない。特に大川に出る場合、提灯を掲げない舟は不審船となり、江戸船手《ふなて》の役人たちに追及される。

「おぬし、陣内とか申したな」

文史郎は船尾にどっかと座り、陣内と呼ばれていた侍に訊いた。

「は、はい。陣内でござる」

「大伴大膳殿は、いかがなされた?」

「残念ながら、白頭巾に斬られ申した。それがし、この目ではっきりと見ました。白頭巾の刀が大伴様の喉元を斬り裂き、ついで頭上から顔面に振り下ろされるのを。あれでは、とても助かり申さぬ」

「おぬし、やけに冷静だな。おぬしの主人が殺《や》られたというに」

「誤解なさるな。大伴様は我が主人にあらず。主人はほかにござる。訳あって、大伴様の護衛を命じられていただけ」

「ほほう。主従の間柄ではない、というのか」

「拙者、陣内卓馬《たくま》と申す。貴殿は、たしか剣客相談人、長屋の殿様、大館文史郎殿とお聞きしたが」

「うむ。よく分かったな」

「先程、料亭の番頭から貴殿のことはお聞き申した。米助殿の馴染み客だとのよしも」

「ははは、それは米助が、大伴殿の言い寄るのを断る上での口実だ」

「殿、ほんとでござるか？」

左衛門が舳先から声をかけた。

「爺、変なところで茶々を入れるな」

「そちらのご老体は？」

陣内は左衛門にいった。左衛門はむっとした声で答えた。

「ご老体だと？　失礼な。おぬしにいわれる筋合いではないぞ」

「これは失礼した。お名前を伺いたい」

「拙者、篠塚左衛門。殿の傅役にござる」

「では、大館様は、本物のお殿様なのでござるか」

「那須川藩主若月丹波守清胤様だ。訳あって若隠居なされ、いまは気楽な貧乏長屋住まいをなさっておられる。遊んでいては申し訳ないと、よろず揉め事引き受けますという相談人を開設なさり、いまに至っておる」

「これはこれは、失礼いたしました」

文史郎たちの乗った猪牙舟は、滑るように掘割を突き進んだ。

「そういう陣内、おぬしの身分は？」

「拙者、元老中堀部正篤様の家中で、馬廻り組小頭にござる」

「そうか、では、腕が違うな」

「しかし、今回は大伴様を守れず、しくじりました。あの白頭巾は強い。女子と侮ったのが不覚でござった」

陣内は頭を振った。文史郎は驚いた
「なに？　白頭巾が女子だと？　男ではないのか？」

「いえ、確かに女子でござった。声も女子で、はっきりと『悔い改めよ』と申しておりました」

「なんと、白頭巾は女子だとは……」

文史郎は左衛門と顔を見合わせた。

ようやく、文史郎たちの猪牙舟は、白装束たちの舟の三十間（約五四メートル）ほどまでに迫った。

文史郎は船頭に舟脚を遅くするように命じた。櫂を漕ぐ水音も立てぬようにいった。

ぶら提灯に照らされた人影たちは、すでに白装束を脱ぎ、普通の着物に着替えていた。

やがて屋根舟と二隻の猪牙舟は掘割から大川に出て行った。そこで二隻の猪牙舟は屋根舟と別れて上流へ向かい、屋根舟だけが下流への流れに乗るのが見えた。

「あの屋根舟に白頭巾が乗っておりました」

陣内は文史郎に囁いた。

「うむ。船頭、少し離れて、あの屋根舟を追え。爺、江戸船手の番所が近い。ぶら提灯に灯を入れよ」

「はい」

左衛門は火打ち石で艾に火を点け、提灯に灯を入れた。

上流に向かった二隻の猪牙舟は、見る見るうちに舟脚を速め、新大橋に向かい、やがて暗がりに姿を消した。

屋根舟は大川の流れに乗って下りはじめた。

屋根舟はやがて永代橋を潜り抜けると、江戸湾へと下って行く。

やがて右手の江戸船手の番所の灯台が淡い明かりを放っていた。

「どこへ参るのかのう」

文史郎は月明かりに朧《おぼろ》に見える屋根舟の行方を睨んだ。

左衛門も陣内も黙っている。

屋根舟は穏やかな湾内を岸に沿って進んでいく。それを追って文史郎たちの猪牙舟が静かに進んだ。

湾内に停泊した千石船の舷側の明かりが、蛍火のように海の上のあちらこちらに灯っていた。

しばらく進むと、屋根舟はとある武家屋敷の船着き場に横付けになって停まった。

「船頭、そのまま漕いで、通り過ぎろ」

「はい」

船頭は静かに漕ぎ続けた。

左衛門と陣内は舟の中に身を沈め、屋根舟の様子を窺った。

屋根舟から、白頭巾と黒い人影が降り、築地塀の門扉の通用口に入って行くのが見えた。

「あの屋敷は？」

「尾張殿の下屋敷でござる。やはりそうだったか」

陣内卓馬は白い築地塀を睨みながら呟くようにいった。

文史郎は左衛門と顔を見合わせた。

尾張の下屋敷に白頭巾がいる？

白頭巾は尾張に操られているのか、と文史郎は驚いた。

五

蘭医の幸庵は手際よく陣内の右腕の斬り傷を針で縫い上げた。すでに血は止まっている。

「これで、あとは毎日焼酎で傷口を消毒し、清潔な包帯と交換していれば十日もすれば抜糸《ばっし》できよう。一月《ひとつき》もすれば腕も自由に動かすことができるだろう。その間は、よく静養しておくことだ」

幸庵は、そう言い残して帰った。

夜もだいぶ更け、長屋は寝静まっていた。

涼しい夜風が開け放った戸口からそよいで来る。

「溺れかけていたところを助けてもらったあげく、医者まで呼んでもらい、すっかりお世話になってしまいました。まことに申し訳ありませぬ。相談人様には、なんとお礼を申し上げたらいいのか……」

文史郎の浴衣を着た陣内卓馬は、座り直し、頭を下げた。

文史郎は笑いながらいった。

「まあ、夜が明けて陽が昇れば、着物もすぐに乾くだろう。それまで、ゆっくりして行けばいい。遠慮するな」

掘割に落ちて濡れた陣内の着物や袴は井戸端の洗濯物干し場に干してある。

大門甚兵衛は台所から酒瓶を手に戻った。

「殿、爺さんはこんなものを隅っこに隠してました。これでも飲みながら話をしましょうや」

大門はどっかりと座り込み、畳の上に湯呑み茶碗を三つ並べた。酒瓶を傾け、三つの茶碗に酒を均等に注いだ。

「さあ、陣内殿も、遠慮せずにどうぞ」

「かたじけない」

陣内は手を伸ばし、湯呑み茶碗を掴んだ。

「殿も、どうぞ」

大門は酒が入った茶碗を文史郎に差し出した。

「うむ」

文史郎も胡座をかき、湯呑み茶碗を受け取った。

大門は茶碗酒を一気にあおり、ぷうっと息を吐いた。

「……暑さ続きで、ちょいと酢が入っていますな。まあ、なんとか飲めますな」

文史郎は茶碗を口に運び、酒を少し含んだ。

酸っぱい。飲めないことはないが、あまり旨くはない。大門の味覚を疑った。

陣内も茶碗の酒を舐めたが、首を傾げた。

「これは……酒でござるか？」

戸外に足音がした。幸庵を船着き場まで送った左衛門が戻って来たのだ。

「あれあれ、殿、いったい、どこで酒を」

「大門が台所で見付けた酒だが」

「殿、それは味醂《みりん》ですぞ。大門殿、なんてものを殿に飲ませるのだ」

左衛門は呆れた顔になった。

陣内は頭を振った。

「やはり、味醂でござるか。どうも味が妙だと思いました」

「ま、味醂も酒と思えば、飲めないことはない。殿がお飲みにならぬなら、それがしが」

大門は文史郎の湯呑み茶碗を取り、飲み干した。顔をしかめたが、ごくりと喉を鳴らして飲み込んだ。

陣内は苦笑いしながら、味醂をちびりちびり飲んだ。

「夏場、酢は軀にいいといいますからな」

「そうだろ？　そうだよな」

大門は満足そうにうなずいた。

文史郎は腕組をし、陣内に向き直った。

「ところで、陣内、おぬしに尋ねたいことがある。正直に話してくれぬか」

「はい。それがしが知っていることでしたら」

「おぬし、堀部正篤殿の命《めい》を受けて、大伴大膳の護衛についたといっておったが、堀部正篤殿と大伴大膳の間の連絡役をしておったのではないのか？」

「さすが、ご明察ですな。その通りです」

陣内はにやっと笑った。

「では、聞こう。白頭巾たちが尾張に出入りしていることは、どう見た？　おぬし、やはりそうだったか、と申しておったが、何がやはりなのだ？」

「……聞かれましたか。堀部正篤様は、大伴大膳様と、白頭巾の黒幕はいったい誰なのか、をよく話し合っておられたのです。大伴様は殺されてしまいましたが、これで白頭巾の黒幕が尾張と分かったのは、大きな収穫です」

「聞くところによると、尾張は水戸と紀伊の将軍の跡目相続争いに参戦し、三つ巴の争いになったというが」

「その通りだと思います。おそらく尾張は、水戸と紀伊の争いに乗じて、漁夫の利を得たいと考えていると思います」

「しかしだ。尾張は、白頭巾を使い、何をやろうとしているのかが分からない。水戸、紀伊の将軍候補を襲わせるのではなく、なぜ、おぬしが仕える元老中堀部正篤や元勘定奉行大伴大膳、その配下の者たちを襲わせるのだ？」

「殿、それは尾張が、隠し金山を押さえたいからです。これまで、隠し金山から出る金は幕府の金蔵に入らず、紀伊と水戸に入っていたからです」

「尾張には入っていなかったのか？」

「入ってなかったはずです」

「我々が聞き込んだことでは、大伴大膳は水戸藩の御家老相馬市兵衛と繋がりがあり、堀部正篤は紀伊の御家老今藤公衛門と親しく付き合っていたそうだな」

「よくお調べですね。そのふたつの線で、つまり大伴大膳様を通して水戸家に、もう一方は堀部正篤様を通して紀伊家へ、産出された金が密かに納められていたのです」

「尾張家は、隠し金山を握り、双方への金の流れを阻もうとしているわけだな」

「そうとしか考えられません。お世継擁立のための資金がなくなれば、紀伊家も水戸家も力がなくなる。やはり将軍職を取るのは金を持っているところですからね」

「なるほど。何ごとも金か」

大門が溜め息をついた。左衛門がにやっと笑った。

「そうですぞ。殿も金作りが上手だったら、那須川藩を追い出されるようなことはなかったでしょうからな」

文史郎は憮然とした。

「爺、昔の話を蒸し返すな。いまは、そんな話をしているのではないぞ」

「はい。失礼仕った」

「陣内、もうひとつはっきりさせたい。堀部正篤や大伴大膳の背後にいる黒幕は、いったい誰なのだ？」

陣内はしばらく黙り込んだ。

「教えてくれぬか？」

「申し上げましょう。黒幕は一人ではありません。筆頭老中の飯田信左衛門様、さらに、三卿の田安《たやす》家当主慶頼《よしより》様と、越前藩主松平慶永《よしなが》様、薩摩の島津《しまづ》公の四人です」

文史郎は左衛門や大門と顔を見合わせた。

「信じられないな。筆頭老中の飯田信左衛門殿が黒幕の一人だというのか？」

「はい」

「だから、堀部正篤様も大伴大膳様も閉門蟄居処分にはなったが、それ以上の厳しい処罰は下されなかったわけか」

「その通りです」

「しかし、筆頭老中の飯田信左衛門殿以外の三人の繋がりが、よく分からないな」

「越前の松平慶永様は、田安家から出た方で、田安家当主の慶頼様とご兄弟の関係に

ある。薩摩の島津公は慶永様と親交が深く、お考えもほぼ同じ。代々島津家は徳川家と親戚関係にある。筆頭老中の飯田信左衛門様は、そうした三人の意向を取りまとめ、彼らを代弁して幕政を行なっているのです」

「では、彼らは、誰をお世継にしようと考えているのだ？　やはり水戸ではないか？」

　陣内はゆっくりと頭を振った。

「どちらでもいい、というのが、飯田信左衛門様やほかの方々のお考えだそうです」

「水戸が近い考えなのではないのか？」

「いえ、必ずしもそうではないのです。水戸でも紀伊でも、彼らの制御がきく人物であれば、どちらでもいい。しかし、水戸には過激な尊皇攘夷論者がいる。一方、紀伊には、彦根藩主井伊殿など頑迷な旧守派が付いているのが難となっているのです」

「なるほど。揉めるわけだな」

「そこへ、今度は尾張が参戦したとなると、将軍の座をめぐる争いは、さらに複雑になったといえましょうな」

「ふうむ」

　文史郎は陣内の話を聞いて唸った。

大門が醒めた口調でいった。

「要するに、白頭巾は消された里のため復讐しているつもりが、黒幕の尾張に利用されているというわけですな」

文史郎はうなずいた。

「そういうことだ。それはそうと、大門、重大なことが一つ分かった」

「なんです、重大なことというのは？」

「白頭巾は女だと分かった」

大門は顎鬚を撫でる手を止めた。

「なんですと、白頭巾は女だというのですか？」

文史郎はうなずいた。

「だから、もしかすると、十文字剣法を遣う摩耶姫が白頭巾かもしれないのだ」

陣内が顔をしかめた。

「摩耶姫ですと？」

文史郎は訊いた。

「おぬし、何か心当たりがあるのか？」

「はい。堀部正篤様に上がった現地からの報告に、その名があったと思いました」

「どのような？」

「金山開発に邪魔になった隠し里は、隠れ切支丹の一族が住んでいたところだった。そのことは御存知ですかな」

「うむ、存じておる」文史郎はうなずいた。

「その隠れ切支丹の一族は、かつて仙台藩伊達家の命令で海を渡ってはるばるイスパニアへ行き、帰って来た支倉常長の末裔です。彼らの末裔は、隠れ切支丹として、奥州の山奥に隠れ住み、外界との行き来を絶って、ひっそりと生き延びた。その支倉一族には、美しい姫君がいたそうなのです。その名が摩耶姫。支倉一族の長の娘だった。芹沢征蔵が先手弓組を率いて、隠れ里を焼き打ちし、一族の皆殺しを計ったが、結局、何人かを取り逃がした。その中に摩耶姫がいたらしいのです」

大門が頭を振りながらいった。

「そうか。摩耶姫は、そんな悲しい過去を背負っていたのか」

文史郎は弱ったな、と思った。

依頼は、白頭巾を成敗せよ、というものだった。だが、……。

「もし、白頭巾が摩耶姫だとしたら、大門、おぬし、いかがいたす？」

大門は悲しげに目を閉じ、決心したようにいった。

「もし、殿と対立することになっても、それがしは摩耶姫をお守りする所存。なんとしても、摩耶姫をお救いせねばなりますまい」

文史郎は左衛門と顔を見合わせた。

「参ったな。大門、おぬしとは対立したくない」

「でしたら白頭巾を成敗するなどとは、おっしゃらないでください」

「大門、まだ白頭巾が摩耶姫だと決まったわけではないぞ。虐殺された隠れ里の文倉一族を考えれば、白頭巾が里人の仇を討とうというのも分からないでもない」

「そうでしょう？　だったら……」

大門が文史郎を見た。文史郎はうなずいた。

「余は、白頭巾に、もうこれ以上、人殺しをさせたくないのだ。それに、白頭巾は尾張に利用されていることを知らないかもしれない」

「ううむ。そうかもしれませんな」

大門も唸った。文史郎は陣内に向いた。

「どうだろう、おぬし、白頭巾を止めるために、おぬしの手を貸してくれぬか」

「何をしろとおっしゃるのですかな」

「おぬし、余を堀部正篤殿に引き会わせてくれぬか？」

「……分かりました。堀部正篤様に申し上げてみます。ですが、殿にお会いするかどうか……」

「そこをぜひにと説得してほしいのだ。白頭巾は、きっと堀部正篤殿を狙うだろう。それを阻止するには、一度堀部正篤殿と会って話がしたいのだ。そして、我らが堀部正篤殿をお守りしてもいい」

「堀部正篤様は、御庭番がお守りしておりますので、その点は大丈夫かと」

「おぬし、白頭巾と立ち合ったであろう。白頭巾は並みの刺客ではない。魔剣ともいう十文字剣法だ。たとえ、御庭番が何人いようとも、白頭巾には太刀打ちできないだろう」

「…………」

「たしか堀部正篤殿の身代わりに斬られた用人がおったろう？」

「はい。護衛の新城という男です。彼は北辰一刀流皆伝でした」

「その新城も太刀打ちできずに斬られたのだろう？」

「確かに安心はできませぬな」

「おぬしが説得できないとするなら、どうだろう、居場所さえ教えてくれれば、それがしが直接乗り込んでもいいぞ。いま、堀部正篤殿は、どこに住んでおる？」

「一度、襲われてから、転々と住まいを替えて、いまは極めて安全な場所に潜んでおられます」

「どこにおる？」

「…………」

陣内は言い淀んだ。

「おぬしの主君堀部正篤殿を殺されないようにするためだ。教えなさい」

陣内は決心したようにいった。

「分かりました。いまの居場所は、筆頭老中飯田信左衛門様のお屋敷でございます」

「そうか。だったら、確かに、そう簡単には、白頭巾も乗り込めないな。老中安藤華衛門殿が殺されて以来、幕閣の屋敷の警戒は極めて厳重になったからのう」

「しかし、安心もできません。艶福家の堀部正篤様のこと、いつまでも飯田信左衛門様の屋敷に籠もっているとは思えませんので」

「と申すと？」

「奥方のほかに、妾がおります。きっと、屋敷を抜け出し、妾宅へ出掛けるときがあるかと」

「そうか。その妾宅は、どこにあるというのだ？」

「本所です。本所の一軒家に妾を囲っておられるので、これまでは、五日と開けずに通っておられた。いまも、そうされていると思います」

「堀部正篤殿も、普通の男よのう。そのときが一番危ない。おそらく護衛の目も盗んで妾宅へ出掛けるだろうからな」

「そうです。堀部正篤様は、時折、護衛を連れずに出掛けたりするので、護衛もなかなか気が抜けないのです」

「もし、堀部正篤殿が、妾宅に出掛ける日が分かったら、その日に我らを妾宅へ案内してくれぬか？　そのときに堀部正篤殿と直接会ってもいい。護衛の代わりに、我らがお守りしてもいい。ともあれ、悪いようにはせぬ」

「分かりました。そのときには連絡をいたします」

陣内はうなずいた。

「どうだ、大門」

文史郎は大門を見た。

「…………」

大門は返事もせず、沈痛な面持ちで腕組をしていた。

文史郎は苦笑し、左衛門にいった。

「明日、至急に玉吉を呼んでくれ。頼みたいことがある」

「分かりました。明日、大門殿のところに、玉吉がやってくるのでは？」

「あ、そうでござった。報告に来るはずだ」

「そのときに、玉吉にこちらに寄るようにいってくれませんか」

「分かった。玉吉にいいましょう」

大門はようやく物思いから我に返ったように返事をした。

六

玉吉が大門の長屋に姿を現したのは、翌日の昼過ぎのことだった。

「大門様、摩耶姫の居場所を突き止めましたぞ」

玉吉は声をひそめた。

「いったい摩耶姫は、どこに居られるというのだ？」

大門は祈るような思いで玉吉に訊いた。

「……尾張の下屋敷です」

「それは確かか？」

大門は頭を殴られたような思いで訊いた。

「はい。間違いない。念のため、音吉と二人で、下屋敷に忍び込みました。摩耶姫が奥の部屋にいらっしゃいました。姫の部屋には、白頭巾や白装束の小袖や袴がありました。摩耶姫が白頭巾なのは、まず間違いないでしょう」

「そうか。やはりそうだったか」

大門はがっくりと肩を落とした。

「大門様、お気の毒ですが、摩耶姫はあきらめた方がいいと思いますぜ。すぐに、もっといい女が見つかりますよ」

玉吉は慰めるようにいった。

大門は心を決め、顔を上げた。真顔だった。

「玉吉、おぬしに内緒の頼みがある」

「なんでしょう？」

「拙者を摩耶姫に逢わせてくれぬか。摩耶姫に一目逢いたいのだ」

玉吉はにやっと笑った。

「いってえ、逢って、どうするんで？」

「面と向かって、それがしの想いを姫に申し上げたいのだ。そうしないと、この胸が張り裂けそうなのだ。玉吉、頼む。このままでは、死んでも死にきれない。拙者一世一代の願いだ。頼む。どうか、それがしを姫に逢わせてくれ。これこの通りだ」

大門は玉吉に両手を合わせた。

玉吉は溜め息をついた。

「やれやれ、そこまで惚れちまったんですかい。分かりやした。なんとか手配しましょう。ただし、逢えても、どうなるかは知りませんよ。殺されるかもしれない」

「それは覚悟の上だ。殿には内緒にしておいてくれ。男と男の約束だ。いいな」

「分かりやした。そこまで思いつめておられるのなら、仕方ない。あっしも男だ。惚れた女に命を張るのは、よく分かりやす。なんとかしましょう」

玉吉はあたりに人の気配がないかどうかを窺った。

「それはそうと、殿様は、まだ長屋にいらっしゃいますかね」

「まだいるはずだが。そうだ、思い出した。殿も、おぬしが来たら、何か頼みがあるとおっしゃっていた」

「そうですかい。ちょうどよかった。ちょっとお耳に入れたいことがありやすんで」

「なんの話だ？」

「昨夜、尾張の下屋敷の天井裏に忍び込み、ちょいとばかり大事な話を盗み聞きしたんで。至急に殿様に、お知らせしたいと思いやして」

「そうか。なんの話だ？」

「将軍の世継争いでやす」

「拙者も聞きたい。いっしょに殿のところに参ろう。話が決まったら、腹が減った。もしかして、昼飯が食えるかもしれぬ」

大門は立ち上がった。玉吉は頭を振った。


文史郎は腕組をし、聞いていた。

隣で左衛門が団扇を扇ぎ、文史郎に風を送っている。

大門は額に汗をかきながら、左衛門が作った大きな塩おにぎりに大口を開いてぱくついていた。

「……天井裏に忍び込んだら、ちょうど尾張藩の家老が、中老や物頭たちと話をしているのに出くわしたんです。そこで耳を澄ましていたら、たいへんな話をしていた」

玉吉は小声で文史郎に、盗み聞きした話を語りはじめた。

家老たちが話していたのは、将軍の後継ぎがどうなるのか、と、今後の水戸、紀伊対策だった。

家老は白頭巾に大伴大膳を襲わせ、亡き者にしたことを喜んでいた。

元勘定奉行の大伴大膳亡きいま、水戸への金の流れは止まった。あとは、一刻も早く堀部正篤を白頭巾に襲わせて暗殺させ、隠し金山を尾張の手中にする。

そうすれば、紀伊も資金不足に陥り、一挙に尾張が有利になる。我が尾張から将軍を出せば、今後は我らが幕政を牛耳《ぎゅうじ》ることになる。

だが、問題なのは、我ら尾張が堀部正篤や大伴大膳以下の要路を摩耶姫に殺させたことが、筆頭老中飯田信左衛門たちに嗅ぎ付けられた場合だ。

いま飯田信左衛門たちは、公儀隠密や御庭番をはじめ、火付盗賊改め、町奉行所など動員して、幕府を上げて血眼《ちまなこ》になって白頭巾を捜している。

万が一にも、尾張が、白頭巾の摩耶姫を匿い、堀部正篤たちを殺させようとしていたことが嗅ぎ付けられたら、一大事だ。

飯田は、水戸や紀伊を味方に付け、我が尾張を非難追及するに違いない。そうなったら、これまでの陰謀工作は、すべて水の泡に帰す。

こうなったら、一日一刻も早くに、摩耶姫に堀部正篤を襲わせ暗殺させねばならない。

そして、摩耶姫が堀部正篤を殺した暁には、直ちに御庭番に摩耶姫と切支丹一族を抹殺させ、証拠湮滅を計る。

もし、その後に飯田信左衛門たちが我が藩の所業を疑い、何かをいって来ても、尾張は知らぬ存ぜぬで通す。

その後は隠し金山を手に入れた尾張が主導して、彦根の井伊直弼《なおすけ》など頑迷な旧守派らと協力し合って、飯田信左衛門、田安、越前の慶永、薩摩の島津たちを失脚させ、幕政改革を断行する。云々《うんぬん》。

「……概《おおむ》ね、そういう話をしていたのです」

玉吉は話を終えた。

「なんという凄まじい陰謀なのだ」

文史郎は驚き、頭を振った。

「その家老は誰だったか分かるか？」

「へい。そう来るだろうと思い、折助仲間を使って調べました。来ていたのは、家老の香西宗嘉《こうさいむねよし》。尾張家の最重鎮です」

「相手の中老や物頭というのは？」

「中老は斎藤佑介《さいとうゆうすけ》という古参の策士、もう一人の物頭は土山勇《つちやまいさむ》といい、この土山が御庭番頭だとのことでした」

握り飯を食べ終わった大門は怒りで顔を真っ赤にしながらいった。

「殿、可哀相なのは摩耶姫たちではござらぬか。尾張は姫を利用するだけ利用し、姫を抹殺して知らぬ顔の半兵衛を決め込もうというのでござろう。拙者は、そんな陰謀は許せぬ。拙者は、なんとしても摩耶姫をお助けいたしますぞ」

左衛門があきれ顔でいった。

「大門殿、まさか、尾張殿に斬り込むなどと言い出すのではないでしょうな」

「それもありでござるぞ。拙者ひとりでも……」

大門は憤慨していった。

大門は本気だ、と文史郎は思った。

「待て、大門。早まるな。なんとかする。それがしに考えがある」

文史郎は憤慨する大門を手で制した。

「殿、どのようなお考えでござるか？」

「急がせるな。いま考えているところだ」

文史郎は腕組をした。

目付の梶原龍之介から依頼されたのは、辻斬りや暗殺をくりかえす白頭巾を斬ってでも犯行を止めることだ。

しかし、白頭巾の背後には、こんな大それた陰謀があったとは。

もし、白頭巾をいわれていた通りに成敗していたら、知らぬうちに自分たちも陰謀に巻き込まれ、将軍の跡目争いをしているどれかの派に加担していたところだった。

将軍の座に、誰が就こうが、自分には関係ない。誰が将軍に就いても、どうせ、ろくな治世にはなるまい。

そういう幕府内の権力争いに巻き込まれ、酷い目に遭うのは、いつも無辜《むこ》の民《たみ》だ。

摩耶姫の支倉一族が皆殺しに遭ったのも、幕府内の権力争いや野望の結果だった。

許せぬ、と文史郎は思った。

摩耶姫は白頭巾となって、幕府に虐殺された隠れ切支丹の民の無念を胸に仇討ちをしているのだ。それを邪魔するのは、己の本意ではない。

できることなら、摩耶姫を助けたい。生き残っている切支丹の民を救いたい。

大門に、自分に考えがあるといってしまったものの、まだいい考えなど思いつかない。

いったい、どうやって摩耶姫を助け、切支丹一族を救えるのか？

文史郎は目を瞑り、ひとり考え込んだ。

七
「大門様、この舟でやす」

 玉吉は掘割の橋の袂の船着き場に横付けになった屋根舟を指差した。

「この舟の中に潜んでいれば、買物帰りの姫が必ず戻って来ます」

「そうか。この舟で待てばいいのだな」

大門は岸辺から屋根舟の様子を窺った。

船尾で手拭いをほっかぶりした船頭が、のんびりとキセルを燻らせている。

船頭は大門を見ると、ぺこりと頭を下げた。

「ああ、あの船頭はあっしの手下です。もともとの船頭と交替させました」

「さようか。では、これを預かってくれ」

大門は腰の大小を抜き、玉吉に差し出した。

「いいんですかい、丸腰で？　万が一、斬り合いになったら、どうするんで？」

「そのときは姫に黙って斬られる」

「分かりやした。そう覚悟なさっておられるのなら、お預かりしておきます」

玉吉は頭を振りながら、刀を受け取った。

大門は屋根舟に乗り込み、障子戸を開けて、小部屋に入った。畳が敷いてある。

大門は小部屋の隅に寝そべった。

「船頭、姫たちが帰ってきたら、声をかけてくれ。それまで休んでおる」

「へい」

船頭の返事が聞こえた。大門は開け放った窓に仕切られた四角の青空を見上げた。

真っ白な入道雲が立ち昇っている。

掘割の川面をわたる涼風がそよぎ、大門の髯を撫でた。大門はうつらうつらと居眠りを始めた。


「旦那、起きてくだせい。姫たちが帰ってらしたですぜ」

船頭の声に大門ははっと目を開けた。

窓越しに岸辺に止まった駕籠が見えた。陸尺たちが駕籠から離れ、土下座している。

供の老侍が駕籠の扉を引き開けた。お付きの奥女中に手を取られ、美しい小袖姿の姫が駕籠から降りた。

老供侍が先に船着き場に降り、下で姫を待ち受けている。

摩耶姫は奥女中と話をしながら、石段を降りはじめた。

大門は急いで摩耶姫から貰った赤鉢巻きを懐から出し、首に巻きつけると、部屋の隅に平伏した。頭を畳に擦り付け、身じろぎもせずにひたすら待った。

舟に乗り移る音がして、舟が揺れた。障子戸が開く音がして、はっと気配が止まった。

「何者だ！」

供の老侍の怒声が大門の背を襲った。

刀が引き抜かれる気配がした。大門の首筋に刃先が触れた。

「怪しい者にござらぬ。拙者、先日、摩耶姫に負けた大門甚兵衛にござる」

「動くな。動けば斬る」

大門は平伏したまま、大声でいった。

「それがしは丸腰。摩耶姫様にお願いの儀があり、無断ではありましたが、この舟にてお待ちしておりました」

摩耶姫の凛とした声が響いた。

「爺、その者、存じております。大瀧道場で私と弥生殿の立ち合いに飛び込んで来て、軀を張って試合を止めた大門殿。首に巻き付けてある赤い布は、そのときの私の鉢巻きです」

「しかし……」

「大門殿は丸腰です。刀を引きなさい」

「姫、この髯男、誰に送り込まれたものか分かりませんぞ」

「いいから、爺、刀を引きなさい」

「ですが、姫」

「神山《かみやま》、私のいいつけが聞けないというのですか」

「いえ……」

老侍はたじろいだ様子だった。

「大門殿、顔を上げなさい」

「はい、摩耶姫様」

大門はゆっくりと顔を上げた。

目の前に刃が突き付けられていた。

神山と呼ばれた老侍の背後に摩耶姫と奥女中の姿があった。

「お久しうございます」

奥女中が摩耶姫を庇うように前に出た。

「姫、たとえ御存知だとしても、お気を付けあそばされ。この髯男、何が目的か分かりませんぞ」

奥女中は懐剣を抜き、油断なく胸のあたりに構えている。

「お牧《まき》、大丈夫です。この大門殿は私たちの味方です」

「この髯の方が味方だというのですか」

お牧と呼ばれた奥女中は驚き、大門の髭面を見た。

「ええ。大門殿には殺気がない。敵意もない。大丈夫です」

摩耶姫はお牧を止め、舟の部屋に足を踏み入れた。

「御尊顔を拝謁し、まことに恐悦至極に存じます」

「大門殿、そのような固苦しい挨拶は抜きにしましょう」

「あ、はい」

摩耶姫は部屋に入り、大門の真前に座った。

手を伸ばせば肩に届くような間近さだった。

奥女中も部屋に入り、障子戸を閉めた。

「姫、内密なお話が」

摩耶姫はうなずき神山に命じた。

「爺、舟を出しなさい」

「はっ」

神山は船頭に舟を出すようにいった。舟がゆらりと揺れ、水面を滑るように動き出した。

「二人とも、刀を納めて」

供侍の神山も奥女中のお牧も、顔を見合わせながらしぶしぶと刀を鞘に納めた。二人は摩耶姫の後ろに控えて座った。

摩耶姫はあらためて大門に向き直った。

「お話とは、いったいなんなのです?」

「姫は、最後に元老中の堀部正篤殿を討とうとなさっておられるようだが、おやめいただけませんでしょうか?」

大門は単刀直入に切り出した。摩耶姫は美しい眉をひそめた。

「姫は、白頭巾でござろう?」

「…………」

摩耶姫は答えず、神山と顔を見合わせた。奥女中のお牧は平然としている。

「それがしは知っておりますぞ。摩耶姫が白頭巾で、なぜ、元老中堀部正篤殿を討とうとしているかも」

「………」摩耶姫は黙ったままだった。

「堀部正篤が、隠れ里の里人たちの皆殺しを命じた張本人だったからでござろう？」

「………」

「その隠れ里は、姫たち、隠れ切支丹の村だった。女子供たちも殺した幕府の最高責任者を始末し、仇討ちの本懐を果たしたい。そうでござろう？」

「……そこまで分かっているなら、なぜ、止めようとする？」

摩耶姫は静かな口調に怒りをこめていった。大門はうなずいた。

「摩耶姫様は、将軍を狙う尾張に利用されている。それを御存知なのか？　尾張は、堀部や大伴大膳を姫様に殺させ、将軍の跡目争いをしている紀伊、水戸の資金源である、隠れ里の金山を横取りしようとしているのですぞ。そうして尾張が将軍の跡目を継ぐつもりなのです」

「………」

「しかも、姫様が堀部を仇討ちしたら、尾張は今度は自分たちの邪魔になる姫たちを抹殺するつもりでおります。そんな尾張の企みにまんまと嵌《はま》ってはいけません。それがしは、いまのうちに姫様たちが尾張のところから逃げ出していただきたいと……」

摩耶姫は手で大門の話を止め、ふっと微笑んだ。

「……そんなことは、承知の上でのこと」

「なんですって、尾張の企みは承知の上で堀部を討とうとなさっているのですか？」

「はい。なんとしても、私は殺された支倉一族四百三十三人の恨みを晴らさずには生きていけません。その恨みを晴らすためには、悪魔とも手を握る覚悟をしております」

「姫様、悪魔の名を口にしてはいけませんぞ。汚れます」

供侍の神山が摩耶姫をたしなめた。

「はい。……」

摩耶姫はそういったあとで、急いで十字を切り、神に詫びた。

支倉一族は四百三十三人も殺されたというのか。

大門は頭を振った。

「我らが生き延びることができたのは、どのような企みがあったにせよ、尾張の計らいがあってのこと」

「それは、いかなる事情があったのですか？」

「戦いに敗《やぶ》れ、逃げ延びたのは、わずか我ら支倉の親子二人と供の者十余人。追っ手の追及を受けながら、私は十文字剣法を修行し、習得しました。山中を逃れ逃れて三年。一人減り、二人減りして、生き残ったのは、父と私と爺、お牧の四人だけでした。そして必死に追っ手から我らが逃げた先は、十《と》三湊《さみなと》でした。そこで尾張の御用商人に助けられ、菱垣廻船《ひがきかいせん》に乗せられ、どうにか、生き延びることができたのです」

「そうでござったのか」

「尾張の援助なしには、我ら四人では、仇討ちなどできませんでした。それに、逃げたくても、尾張の手により、父親を人質に囚われておるのです」

摩耶姫は悲しそうにいった。

大門は膝を進めた。

「姫様。拙者に一案ありです。姫のお父上は、拙者がなんとしてもお救いいたしますゆえ」

摩耶姫は愁眉《しゅうび》を開いた。

「できますか？」

「やります。拙者にお任せを」

大門は胸をどんと叩いた。

第五話　満月の決闘

一

尾張徳川家下屋敷の地下牢は暗がりの中、静寂に包まれていた。

天井近くにある小さな明かり取りから射し込む強烈な陽光が、床の一ヶ所を照らしている。石の床に反射した明かりが、四方を石壁に取り囲まれた部屋を仄《ほの》かに明るくしている。

部屋には木製の寝台と木の椅子、文机《ふづくえ》、それから壁に十字架を掲げた祭壇が設《しつら》えられてあった。

祭壇には蠟燭の炎が揺らめいていた。

尾張の家老が渋々とだったが、切支丹の摩耶姫たちの祈りの場として提供したのが、地下牢の中に設けた礼拝場だった。

密閉された小部屋だが、海辺に近い地下ということもあって、空気は外の暑さと打って変わってひんやりとしている。

部屋には頑丈な格子の仕切りがあり、地下牢になっている。

格子の仕切りの真ん中には、潜り戸が造られてある。地下牢として使われていないときには、潜り戸は鍵も掛けられずに開いている。

摩耶姫は白いショールを被り、石段を降りて地下牢の格子の前に立った。

格子の向こう側に見える祭壇の前に、黒い人影が一人跪《ひざまず》き、机の上に分厚い本を開いて、祈りを捧げていた。

「神父様《パードレ》」

白いショールを頭に被った摩耶姫は声をかけ、格子の仕切りの前に跪き、胸に十字を切った。

格子の仕切りの向こう側に人の気配があった。

黒い着物をまとった人影が動き、格子に寄り、木の椅子に座った。

「迷える子羊よ。告解《こつかい》においでかな」

男の弱々しいがしっかりとした声が格子越しに聞こえた。

摩耶姫は手を合わせ、黒い人影に小さな声で話した。

「はい。神父様、懺悔《ざんげ》に参りました」

「……懺悔しなさい。偉大なる主《しゅ》が、必ずお聞き届けなさるでしょう」

「これまで、何人もの人を殺める罪を犯しました。また、近いうちに一人の命を奪わねばなりませぬ」

「あなたは何度も悔い改めたはずです」

「神父様、最後の男です。その男は、主の忠実な下僕《しもべ》の里を、軍兵に焼き打ちさせ、我が一族郎党や、女子供を無惨にも死に追いやった憎むべき元老中です。私は、その男を死なせずにはいられません。そのためには、私は地獄へ落ちるのも厭《いと》いません」

「迷える子羊よ、憎しみを捨てなさい。主は、汝殺すなかれ、といっています。なぜ、主の戒めを自ら進んで破るのですか。憎しみは、憎しみを産むだけ。その男の罪を裁くことができるのは、偉大なる主だけです。娘よ、その男への憎しみを捨て、その男を許してあげなさい。あなたには裁く資格はありません。あなたも、その男と同じ殺戮者になりさがり、神の審判を受けて地獄の業火に焼かれることになるでしょう」

「神父様、私はそうなってもいいと覚悟しております」

「迷える子羊よ。いけません。人の道を踏み外してはいけませぬ。全能の神の導きに従いなさい。全能の神を畏れなさい。神の教えに背いてはいけません。いますぐに悔い改めなさい」

「でも、どうしても、その男への憎しみを忘れることができません。私はどうしたら、いいのでしょうか？」

「忘れるように努《つと》めるのです。主に救いを求めて祈るのです。迷える娘よ、私といっしょに主に祈りましょう」

摩耶姫は素直に手の指を組み合わせ、神妙に頭《こうべ》を垂れた。

神父の声が厳かに響いた。

「天にまします、我らの偉大なる父よ、どうぞ、この迷える子羊の魂をお救いくださ
い。迷える子羊の罪をお許しください。父なる神と、神の子キリストと、聖霊の御名《みな》において、アーメン」

「アーメン」

摩耶姫は急いで十字を切った。

「神父様、今日はもう一つ告白いたします」

「なんでしょう」

「善良で純真無垢な神の子を見付けました。黒髯を頬に生やしたむくつけき男《おのこ》ですが、

私を慕っているようなのです」

「それで」神父は穏やかに促した。

「名前は大門甚兵衛。道場で一度立ち合ったことのある大男の侍です。素性は知りませぬが、育ちがよさそうで、貧乏侍にもかかわらず、心の広い男でした。微笑ましいほど素直で、子犬のような男です」

「続けて」神父は微笑んだ様子だった。

「袋竹刀で立ち合ったときに分かったのです。あ、この男は私を憎からず思っていると。打ち込むとき、咄嗟《とっさ》に私も切っ先を外《はず》してしまいました」

「……どうして？」

「ふと、その黒髯男に許婚《いいなずけ》だった光喜《みつよし》様の影を見たような気がしたのです。天に召された光喜様が、この世に復活したように感じたのです」

「主があなたに罪を犯させまいと送られた天使かもしれません」

「その大門様が神父様をここからお救いすると申しております。そのときが来たら、その黒髯を信じてあげてくださいませ」

「私はここから逃げ出すつもりはありません。ここは、主が私に与えてくれた試練の場です。私はすべてを受け入れます。私の身は主の御手《みて》に委《ゆだ》ねております。すべては主の御心のままに従います」

「はい。神父様」

「いっしょにお祈りしましょう。主の思し召《おぼ》しにより、その愛すべき黒髯の男にも、心穏やかな愛と幸せが訪れますように」

「はい」

摩耶姫は指を組んだ手を合わせ、神に祈った。

地下牢へ降りる階段の出入口に立った二人の侍は、摩耶姫がいつも行なう切支丹の儀式だったので、特に注意も払わず、見張っているだけだった。

離れの控えの間には、傅役の神山道郎《みちろう》と、お付きの奥女中のお牧が座っていた。

摩耶姫が地下牢からの階段を上がって来た。

摩耶姫は胸の内を告解で吐き出したせいか、すっきりした顔をしている。

神山が一礼して迎えた。

「姫、御家老の香西様が、お目にかかりたいとのこと。書院にお越しくださいと申されておりました」

きっと堀部正篤を襲う日取りが決まったのだ、と摩耶姫は思った。

「いよいよですね。分かりました。行きましょう」

摩耶姫はうなずいた。お牧に付いてくるようにいい、先に立って廊下を歩き出した。

神山とお牧があとに続いた。見張りの侍二人が、三人の背後から静かに付いて行った。

二

文史郎と左衛門、大門の三人は、本所の水茶屋『大川《おおかわ》』に上がった。

水茶屋は文史郎たちのほかに客はおらず、二階の客間は静まり返っていた。

開け放った窓から、大川を渡る爽やかな風が部屋に入って来る。

愛想笑いを浮かべた仲居が冷えたお茶を置いて階下へ戻った。

入れ替わるように、定廻り同心小島啓伍や玉吉が足早に階段を上がって来た。

「済みません。お待たせしたのでは」

「入り口で小島様とばったり出会ったところでして。済みません。あっしも遅れました」

「わしらも、いま来たところだ。ま、膝を崩して座ってくれ」

文史郎は二人にも気さくに座布団を勧め、五人で車座になった。

「これから大門から大事な話があるそうだ。話してくれ、大門」

「はい、それでは、実は拙者、玉吉の手助けもあって、摩耶姫に会いました」

大門は摩耶姫と交わした話を始めた。

すべてを話し終わり、大門は文史郎を見た。

「殿は、いかがに思われますか？」

「そうか。生き延びたのは摩耶姫たち四人だけだったのか」

「そのうち、姫のお父上支倉貞常《さだつね》殿は囚われの身で、人質になっているのです。姫、傅役の神山道郎殿、お付きの御女中のお牧殿の三人しかおらぬのです」

文史郎が訝った。

「三人だと？　もっといたのではないか？　堀部正篤の身代わりの新城が白頭巾に襲われたとき、大勢の白装束姿の男たちが加勢に現れたと聞いたが」

「あれは、尾張の御庭番たちだったそうです。御庭番たちは、全員白装束姿で、白頭巾の手下を装ったのです。もし、姫の一族に、そんな大勢の仲間が残っていたら、姫が配下に命じて、父上をお救いしているでしょう」

文史郎は得心した。

「そうか、そういうわけだったか。摩耶姫は、父親を人質に取られているので、尾張に利用されているというわけか」

大門がむっとした顔になった。

「摩耶姫はただ尾張に利用されているわけではござらぬ。摩耶姫は尾張の陰謀に協力する振りをして、逆に尾張を利用しておられる」

左衛門が笑いながら尋ねた。

「大門殿、姫は尾張をどのように利用しているというのだ?」

「摩耶姫たちは奥州から江戸に来て一年も経たず、幕府の内部のことや江戸の町はほとんど知らない。仇討ちをしたくても相手を捜しようがない。そこで金山開発に関わった連中を割り出すのに、尾張を利用したのでござる。尾張の御庭番に隠れ里焼き打ちを命じた責任者たちを洗い出させ、一人一人仇討ちを行なった。しかも、尾張を盾にして、幕府の隠密や御庭番、火付盗賊改め、奉行所まで動員した白頭巾捜しを躱《かわ》した」

「なるほど。摩耶姫もやるのう」

文史郎は感心した。

大目付の兄者松平義睦が、白頭巾に手を出すな、と忠告した意味が、ようやく分かって来た。兄者は、白頭巾の背後に尾張がいるのを薄々察知していたのに違いない。

目付の梶原龍之介も、下手に白頭巾を追い回して、将軍家の跡目相続争いに巻き込まれるのを怖れたのに相違ない。そのため、白頭巾の捜索を文史郎に依頼しながら、事件の被害者の身許や経歴を出すのを渋ったりしたのだ。

大門が不安気にいった。

「しかし、尾張にとって摩耶姫が御用済みとなったら、尾張が天下を握る上で、摩耶姫たちは邪魔になりましょう。紀伊や水戸が摩耶姫を利用して、尾張を追い込むかもしれない。だから、尾張は、摩耶姫が堀部正篤を殺《や》るところまでは、摩耶姫を自由にしておくものの、終わったあとは、きっと姫はもちろん父親も残る二人も……」

大門は喉元を手で掻っ切る仕草をした。

みんなは顔を見合わせて沈黙した。

文史郎が口を開いた。

「大門、姫のお父上は、どこに監禁されているというのだ？」

「普段は屋敷内の離れの座敷で、姫ともども、いっしょに暮らしておるそうです。ただし、二六時中、御庭番や供侍が四、五人張り付いており、軟禁状態とのこと。邸内のどこへ行くにも見張られている。もちろん、お父上は屋敷の外への外出は厳禁されている」

「なるほど」

「姫が白頭巾となって、仇討ちをする際には、姫が帰って来るまで、父親は逃げられないように地下牢に入れられるそうです」

「ほほう。地下牢はどこにあるのだ？」

「普段暮らしている離れの下に造られた秘密の地下牢です。これは、姫の傅役神山殿が描いた屋敷内の見取り図です」

大門は懐から紙を取り出した。尾張下屋敷の地下牢へ降りるまでの見取り図だった。

「なあるほど。こんなところに地下牢があるんでやすな」

玉吉が見取り図を覗き込みながらうなずいた。

「玉吉、おぬし、分かるか」

「もちろんです。この地下牢に近付くには、屋根伝いに、この軒から下へ降りて、離れへ出ればいい。人に見つかりにくい」

玉吉は見取り図の一部に指の爪で線を入れた。

左衛門が腕組をし、文史郎にいった。

「殿、これはたいへんな合戦になりますぞ。尾張の下屋敷には御庭番や徒侍がうようよいるわけですから、いわば城攻めだ。たくさんの軍兵を集めねばなりますまいて。

どうですかな、弥生殿の道場に助けを求めては」

「それはいかん。もし、弥生や門弟たちを巻き込めば、あとで幕府から酷い報復を受けよう。そうはさせたくない」

大門はうなずいた。

「拙者も弥生殿を巻き込むのには賛成できんですな。それでは弥生殿たちに気の毒だ。この際は、目立たぬように少人数で決行する方がいいと思いますな。のう、玉吉、おぬしもそう思うだろう？」

「へい。大門様のおっしゃる通りでやす。準備万端整えば、少人数の方が小回りがきくし、相手に見つからずに済みましょう。なにせ尾張は大きい藩だけあって、大男総身に知恵は回りかねでやして」

大門は満足気にうなずいた。

「そうなんです。それで、殿と相談ですが、地下牢から姫の父上を救い出す役は、拙者と玉吉に任せていただきたい」

「大門殿、大丈夫ですかな」

左衛門が心配そうに首を傾げた。文史郎はにやっと笑った。

「爺、大門に任せよう。尾張の御庭番が大挙して出払うときに、決行すればいいのだから」

「殿、そんな機会がありますかね」

「なければ作ればいい。のう、大門」

文史郎は大門と顔を見合わせてにやっと笑い合った。

「そうでござる。白頭巾の姫が堀部正篤を襲撃するときが好機でござろうな」

「そのとき、御庭番は大挙して出払いますかな?」

左衛門が顔をしかめた。

文史郎が笑いながらいった。

「出させるように仕掛けるのだ」

大門は黒髯を撫でた。

「そうです。殿や左衛門殿が、角間弦内殿を通して、堀部正篤側を焚《た》き付け、紀伊や水戸の護衛を増やさせる。尾張は姫たちに堀部正篤を討たせようと、対抗して御庭番を総動員して支援するでしょう。その結果、尾張の下屋敷から御庭番はいなくなり、警備も手薄になる。そのときが決行のときかと」

「そういうことだ」

文史郎が左衛門を見、にやっと笑った。

小島啓伍が思案顔でいった。

「しかし、姫のお父上を救い出したあと、どこへお連れするのか、ですな」

「小島、それも考えてある。そこで、おぬしの力を借りねばならない。どうだ、何もいわず、手伝ってくれぬか。詳しい手順についてはあとで話す」

文史郎はいった。小島は笑いながらうなずいた。

「分かりました。こうなったら、乗り掛かった舟でござる。事情を聞けば、白頭巾の摩耶姫たちは、お気の毒な一族ですな。白頭巾の辻斬りを取り締まれというのが、上からの命令でしたが、たまに、それに反するのも一興。いいでしょう。何をすればいいのか分かりませんが、それがしも男でござる。逃がす方法や隠れ場所などは考えましょう」

小島はにやりと笑った。

文史郎はあらためてみんなを見回した。

「あとは、いつ白頭巾の姫たちが堀部正篤を襲うのか、だ。玉吉、尾張の下屋敷は、誰かに張り込ませてあろうな」

「へい。音吉たちが昼夜違《たが》わず張り込んでいます。何か動きがあったら、知らせて来ます」

「よし。あとは堀部正篤の動きだ。堀部が、いつ妾宅に出掛けるかだ。爺、陣内卓馬に、我々の居る場所を教えておいたろうな」

「はい。本所に近い、この水茶屋を知らせてあります」

「しかし、安全な場所からのこのこ出て来て、妾のところへなど行きますかね」

小島が訝るようにいった。左衛門がにやっと笑った。

「きっと出掛ける。これまでの経験から申して、そうですな、殿？」

「なぜ、余に訊く」

「この中で、お妾さんがいたのは、殿くらいですからな」

仲居が軽やかに階段を上がる足音が響いた。

「お客様が御出でになりました」

「誰だ？」

「陣内様とおっしゃっています」

「すぐに上がってもらってくれ」

「はい、ただいま」

仲居は急いで階下へ戻った。

大門が頭を振った。

「噂をすれば影とはよくいったものだな」

「ほんとに」左衛門が笑った。

やがて階段を上がる足音が響き、陣内卓馬が現れた。肩から三角巾で腕を吊している。

「殿、こちらに御出ででしたか。堀部様が動き出しました。これから妾宅に案内します」

「分かった。余と爺は陣内について出掛ける。大門、玉吉は摩耶姫の父上の救出を頼んだぞ。小島は大門たちを側面援助してやってくれ」

「了解」小島はうなずいた。

「お任せあれ」

大門は頬髯を崩して胸を叩いた。

文史郎は刀を手に立ち上がった。左衛門が続いた。

三

太陽は西に傾きはじめていた。

暑さもしのぎやすくなっている。

舟は本所の掘割に入り、しばらく進むと、陣内が船頭に、近くの船着き場に舟を着けるように指示した。

掘割沿いに瀟洒《しょうしゃ》な民家が並んでいる。

文史郎たちは陣内について船着き場に上がった。

「こちらです」

陣内は掘割沿いの小道を先に立って歩き出した。

「この先の路地の奥にある平屋の一軒家でしてね。お沢《さわ》というお妾さんが住んでいます」

「そのお沢さんという女は、どんな女なのだ？」

「商家の娘で、まだ十八歳くらいの美女です」

「……ったく男は権力や金を持つとろくなことをやりませんな」

左衛門はじろりと文史郎を流し目で見た。

文史郎は無視して陣内に訊いた。

「堀部の護衛は？」

「二人しか連れていないと思います。飯田信左衛門の屋敷を抜け出したとき、側用人が二人いっしょに姿を消したということでしたから」

「よし。直接本人に会おう。二人では、あまりに無防備だからな」

「それがしも、そう思います。堀部様は時折、無茶をなさる」

陣内は苦笑いしながらいった。

角を曲がり、路地を入った。

「待て」

文史郎は陣内を止めた。

路地の両脇は生け垣が続いていた。その生け垣越しに、寺院や仕舞屋《しもたや》の瓦屋根が並んでいるのが見えた。

その路地の先に人影があった。町人姿の男が生け垣越しに家の中を覗いていた。

町人姿の男は文史郎たちに気付くと、何喰わぬ顔で先に歩いて行った。

「怪しいやつ」

陣内は追い掛けようとした。文史郎が陣内を止めた。

「追い掛けても、もう遅い」

すでに町人姿の男は路地の先の角を曲がり、姿が見えなくなっていた。

「あの男が覗いていた家が、妾宅か？」

「ともかく、堀部に会おう。それから、どうするかだ」

「はい」

文史郎は陣内にいった。

陣内の案内で、仕舞屋の玄関先に着いた。

格子戸が堅く閉じられていた。

陣内が玄関先に立ち、訪《おとな》いを入れた。

女の返事があり、若い下女が玄関先に現れた。絣《かすり》の着物を着た田舎出の娘だった。

「拙者、陣内卓馬と申す者。怪しい者ではない。旦那様に取り次いでほしい」

陣内は奥にも聞こえるように大きな声でいった。

「いま旦那様はお留守ですが」

下女は、陣内、文史郎、左衛門を怯えた顔で見回した。

陣内は玄関先に並んだ男物の下駄や草履を目で指《さ》した。

「居留守を使っても駄目だ」

「でも、留守で居りません」

下女は泣きそうな顔になった。

「お内儀さんは？」

「湯屋へ行ってます」

「では、上がって、お帰りになるのを待たせていただくぞ」

「困ります」

下女は顔をくしゃくしゃにして泣き出しそうだった。

突然、襖が開き、小袖に袴姿の侍が現れた。

「居ない者は居ない」

「堀部正篤様が来ているはずだ」

「そのような人はおらぬ。帰れ。帰らぬと……」

侍は鋭い眼光で文史郎や左衛門を一瞥《いちべつ》した。

全身から剣気を放っている。いつでも斬りかかる構えだ。

「拙者、陣内卓馬。堀部正篤様の家中の者だ。取り次いでほしい」

「何度いったら、分かるのだ。居ない者は居ない、と申しただろう」

そのとき、廊下の奥から侍が顔を出した。

「なんだ、陣内ではないか」

奥から初老の侍の顔が覗いていた。

陣内卓馬は小声でいった。

「お館様、こちらが剣客相談人の大館文史郎様と傅役の左衛門殿でござる。ぜひに、お館様にお会いしたい、と」

「仕方がないのう。黒田《くろだ》、その者たちは大丈夫だ。相談人たちに上がってもらえ」

「はっ。では、どうぞお上がりください」

黒田と呼ばれた侍は引き、文史郎たちに上がるように促した。

「では、失礼いたす」

「御免」

文史郎と左衛門は陣内に続いて上がった。

「こちらでございます」

下女が廊下を案内して進んだ。

やがて、先程初老の侍が顔を覗かせた部屋の前に来た。

「陣内、ここだ。入れ。相談人のお二人も入ってくだされ」

「では」

文史郎と左衛門、陣内はあいついで座敷に入り、初老の侍と向き合って座った。

「陣内、なにか、これは飯田信左衛門殿の指図か？」

「いえ。それがしは、お館様を助けるためには、こちらにおられる剣客相談人様のお力をお借りするのが一番と思い、お連れしたのです」

「困った男だのう。おぬしには、相談人とやらに、お会いするつもりはない、大丈夫だ、と伝えてもらったはずだが」

文史郎はいった。

「拙者、大館文史郎と申す。こちらは、傳役の左衛門。以後、お見知りおきくだされ」

「存じておりますぞ。大館殿は、那須川藩主若月丹波守清胤殿でござろう。若隠居なされて、剣客相談人をなさっておられる」

堀部正篤はにんまりと笑った。

文史郎は、堀部正篤が一筋縄ではいかぬ策士だと直感した。只の男ではない。いまでこそ、老中を辞めてはいるが、やはり、あれこれと策を弄して権力の座にのしあがった男だけのことはある。

「しかし、事態は差し迫っておりますぞ。この家の周りでも不審な町人姿の男がうろうろしていた。御存知でしたかな」

「黒田、そんな者がおったかな？」

「はあ。気付きませんでした。ただの通りすがりの者だと思いますが」

「そうだろうのう。違っても一向にかまわぬが」

堀部正篤は悠然と構えている。

堀部は落ち着き過ぎている。誰かに命を狙われているという怖れを、まったく抱いていない。どこから、この自信が湧いてくるのだ？

文史郎の心にふと疑念が生じた。

もしかして、無防備な振りをしているが、ここには、途轍《とてつ》もない罠《わな》がしかけてあるのかもしれない。

堀部は文史郎にいった。

「せっかく、相談人たちが訪ねて御出でになったわけだから、無下には追い返さぬが、心配は無用と思ってほしい。まあ、見ているがいい」

「と申されますと？」

陣内が怪訝な顔で訊いた。

堀部はにやっと笑った。

「陣内、それがしたちは、囮《おとり》なのだ。この家は一見無防備だが、実は二重三重に捕り手の御庭番や隠密が取り囲み、白頭巾が現れるのを、いまかいまかと待ち受けておるのだ」

「…………」

文史郎は左衛門と顔を見合わせた。

「だから、陣内、相談人にお願いする必要はないと申しておったのだ」

庭で小鳥の囀《さえず》る声が聞こえた。

堀部はちらりと庭に顔を向けた。

堀部は虚空に向かい、一人ごちするように呟いた。

「大丈夫だ。何ごとでもない。こちらの方々は、剣客相談人だ。怪しい者にあらず。そう伝えよ」

庭の茂みがかさりと揺れ、静かになった。

御庭番が、こんな庭のところまで詰めているのか。

文史郎は、どうするか、と思った。

このまま、ここにいては白頭巾に知らせることができない。いかな尾張の御庭番知らずに来れば、白頭巾は堀部の罠にはまるだろう。いかな尾張の御庭番の支援がの支援があっても、この二重三重の囲みを破って逃げることは叶わないに違いない。

「浮かぬ顔をなさっておられるな。相談人殿、大丈夫、きっと白頭巾が現れるのは夜になってからだろう。それまでは、のんびりと酒でも啜って待つのがよかろう」

堀部は手を叩いた。

先程の下女が急ぎ足で座敷に現れた。

「お沢はまだ湯屋から戻らぬか？」

「はい」

「お杉《すぎ》、済まぬが、酒のお銚子を持って来てくれぬか」

「はい。旦那様」

お杉はいそいそと姿を消した。

文史郎は思案した。左衛門も浮かぬ顔をしていた。

四

大門は屋根舟に横たわり、ゆっくりと日が落ちるのを待っていた。

次第に、あたりに薄暗がりが拡がって来る。

神山道郎から投げ文の知らせがあった。

摩耶姫たちは今夜、堀部正篤の妾宅を襲う手筈になった、という知らせだった。

すでに、三々五々、尾張の下屋敷から、隠密や御庭番が、町人や行商人、坊主や風来坊に化けて、出て行った。

数えてはいないが、すでに百人以上は屋敷から出て行っただろう。

屋敷内の警備がだいぶ手薄になっているはずだ。

だが、忍び込むにはまだ明る過ぎる。

夜、更けるまで、待つしかない。

大門は窓の外に見える夕焼けに目を奪われた。

船頭も船尾の方で、長キセルを燻《くゆ》らせている。

玉吉も音吉もすでに屋敷に忍び込んでいる。いまごろ、地下牢や敵の見張りの位置を調べているはずだ。

大門は心の中で摩耶姫を思った。

摩耶姫は最後に大門にいった。

「……もし、私の身に何かあっても、神父の父上だけはきっと救い出してください」

「私の手は血で汚れに汚れてしまいました。私は人を大勢殺めてしまいました。もう、元の私に戻ることはできません」

「私の許婚も兄弟姉妹も、親しかった友人もみな殺されてしまいました。生き残っているのは、私たち四人だけ。生きていく気力もない。ただ、みんなの仇を討つことだけが生き甲斐になってしまった……」

「……私は寂しい。大門様」

摩耶姫の哀しげな顔が目に浮かんだ。

大門ははっとして目を覚ました。いつの間にか、微睡《まどろ》んでしまったらしい。

大門は孤独な摩耶姫の心中を知る思いだった。

もしかして、摩耶姫は堀部正篤を成敗したら、血で汚れた自分を罰するつもりで、自らも果てようと考えているのではなかろうか？

その問いを摩耶姫に訊いたとき、摩耶姫はやや寂しそうに微笑みながらいった。

「切支丹の私たちは、自ら命を断つことはできないのです。地獄へ行く道だとして主《しゅ》から禁じられています。だから、斬られて死ぬことはあっても、自殺はできないのです」

大門は、その答えに少しばかり安堵した。

口笛が聞こえた。

あたりには、闇が拡がっていた。

船頭が立ち上がり、竿を差して、舟を出した。掘割を進む。

尾張の下屋敷の築地塀が連なっている。船頭は岸辺に寄せて止めた。

暗闇の中、築地塀に縄梯子が架かっていた。

築地塀の屋根の上に人影が動き、また口笛が鳴った。

誰もいない、という合図だった。

大門は舟から岸辺に上がった。縄梯子の綱を握った。

足を掛け、縄梯子を一歩一歩、登りはじめた。

屋根の上で、玉吉が待っていた。

「離れの下の地下室の出入口に見張りが三人残っているだけです」

玉吉がそっと囁いた。

大門は屋根に寝そべり、離れの方を窺った。篝火《かがりび》が赤々と土蔵の白壁を照らし、赤く染めていた。篝火の薪が風に吹かれて火花を上げていた。

見張りの侍の影が三つあった。

庭の植木の陰に、一つ二つと黒装束姿の音吉たちが隠れている。

「行くぞ」

大門はいいながら、玉吉とともに、築地塀の上から庭にひらりと飛び降りた。

大門と玉吉は、庭木の間を巧みに縫うように走り、篝火に突進した。

「く、曲者だ！」

一人が叫んだ。玉吉の軀が相手に飛び掛かり、一瞬にして喉を刀子《とうす》で切り裂いた。

ほとんど同時に大門の影が、もう一人に突進し、鳩尾《みぞおち》に拳を叩き込んだ。相手は声も出さずに、その場に昏倒した。大門は見張りの軀を探り、南京錠の鍵を取り上げた。

もう一人の見張りは、音吉が制圧し、物陰に引きずり込んだ。

「こちらです」

玉吉の案内で、大門は地下室への階段を降りて行った。

「摩耶姫のお父上、支倉貞常様、お助けに上がりました」

大門は大声で、格子の仕切りの中に叫び、錠前に鍵を差し込んだ。鍵を回し、潜り戸を開いた。

「おお、おぬしが黒髯の大門殿か」

「はい。さようで」

「娘の摩耶姫から、おぬしのことをよく聞いておった」

「そうでございましたか。ともあれ、話は脱出したあとで」

「摩耶姫は?」

「相談人のお殿様がお助けしているはず。だから、お父上も生き延びねばなりません。お嬢様のためにも」

黒い神父服の支倉貞常がよろめくようにして現れた。

「さあ、それがしの背に」

大門は支倉貞常を背負い、石段を登りはじめた。

五

文史郎は、堀部正篤と向かい合って座り、酒を飲んでいた。だが、いくら盃を重ねても、心地よい酔いは訪れなかった。

左衛門は盃にも手をつけず、腕組をし、じっと待っていた。

堀部正篤だけはお沢の酌で、いい加減、微酔《ほろよ》いになり、陽気にあれこれと文史郎に喋りかけていた。

文史郎は酔っ払いの戯言《ざれごと》と、右の耳から左の耳へと聞き流していた。

「……だから、いまの幕府は借金ばかり重ね、真に民のための政《まつりごと》をしておらんのだ。だらしのない幕閣ばかりでな」

「そうでござるな」

適当に相槌を打つ。

突然、目の前の隣家でどーんという爆発音が起こった。生け垣越しに、火の手が上がるのが見えた。喚声が聞こえた。

「何ごとだ！」

さすがの堀部正篤も驚き、お沢を突き飛ばすようにして立ち上がり、廊下へ出た。続け様に裏手の隣家で、さらに左手の隣家でも爆発が連続した。

白装束の一団が庭に現れ、どこからか幽霊のように現れた黒装束の一団と斬り合いを始めた。

「お館様！」

黒田と呼ばれた用人が、堀部正篤の傍らに駆け寄った。

「前の隣家、左手の隣家、裏手の隣家、すべて味方が白装束の一団に襲われました」

「なに！　我が方の御庭番は、どうした？」

「爆裂弾により、大勢がやられた様子です。ここも危ない。すぐにこの場は離れてください」

黒田は、堀部正篤を庭へ押しやった。

堀部正篤は転がるように庭に飛び降りた。

「堀部正篤殿」

び出し、堀部正篤を助けようと追った。

文史郎、まで座っていた座敷の床がふわっと浮いたかのように見えた。一瞬ののち、家が爆発し、宙に吹き飛んだ。

文史郎は爆風に飛ばされ、庭木の間に転がった。左衛門も生け垣に頭から突っ込んで動かなかった。

陣内も地べたに激しく叩きつけられ、気絶している様子だった。

家に火が付き、めらめらと炎が吹き出した。

文史郎は転がったときに腰や胸を激しく打ったらしく、すぐには動けそうになかった。

ばらばらっと白装束たちが、やはり爆風を受けて投げ出された堀部正篤を取り囲むのが見えた。

白装束たちの中から、白頭巾がゆっくりと現れた。

「堀部正篤だな」

白頭巾が叫ぶようにいった。女の声だった。

文史郎は激痛を我慢しながら、庭木に掴まり、立ち上がった。

「……おのれ、貴様ら、何者だ！」

堀部正篤はよろめきながらも立ち上がった。傍らの黒田も起き上がり、抜刀した。

「悔い改めよ。裁きを受けよ」

白頭巾は、刀を抜き、堀部正篤に向き直った。

「それがしが相手だ」

黒田が堀部正篤を背に庇い、白頭巾に向き直った。

「善人《よきひと》は全能の神の恩寵《めぐみ》をうけ　悪《あ》しき謀略《はかりごと》を設《もう》くる人は全能の神に罰《つみ》せらる……」

白頭巾に寄り添うようにしていた人影が、厳《おごそ》かに言った。

裂帛の気合いもろとも、黒田が白頭巾に斬りかかった。一瞬、白頭巾の刀が炎の光を反射して一閃した。

白頭巾と黒田の軀が交錯した。

黒田は白頭巾の側を抜けたあと、きりきり舞いをして倒れた。

「おのれ、白頭巾、おぬしは何者だ?」

堀部正篤が叫んだ。白頭巾は向き直り、素早く白頭巾を脱いだ。

「支倉貞常が娘、支倉摩耶。おぬしの命令により、滅ぼされし隠れ里住民の恨み、こに晴らさせていただく。裁きを受けよ」

摩耶姫は刀を十文字の形に動かして行く。

堀部正篤は腕に自信がある様子で、摩耶姫の刀の動きに応じて、刀を合わせて動かした。

摩耶姫の刀が十文字を切り終わらぬうちに、堀部はたたらを踏むようにして斬り込んだ。

摩耶姫の刀が一閃し、堀部の軀を横に薙《な》ぎ払った。堀部が立往生したかと思うと、ついで、摩耶姫の刀が縦に振り下ろされた。

堀部は朱に染まり、その場に倒れ込んだ。

摩耶姫は残心の構えに入った。

摩耶姫を取り囲んでいた白装束の男たちが、それを合図に、一斉に白装束を脱ぎ捨てはじめた。

白装束の下から茶渋色の装束が現れた。

茶渋色の装束に変わった男たちは、一斉に刃を摩耶姫と、護衛の白装束の男に向けた。

茶渋色の一団から、長らしい男が進み出た。

「摩耶姫、ご苦労。おぬしの役目は、これまでだ」

「おのれ、おぬしは物頭土山勇。裏切ったな」

摩耶姫が怒鳴るように叫んだ。土山は嘲《せせ》ら笑った。

「愚かな女よ。はじめから、わしらはおぬしらの味方ではなかった」

「姫、やはり、こやつら、それがしたちを利用するだけ利用しただけでござったな」

摩耶姫と背中合わせに立った男も白頭巾を脱いだ。傅役の神山道郎だった。

「爺、覚悟しましょう。もはや、これまで」

摩耶姫は八相に構えた。

「いざ」

傅役の神山道郎も八相に構えた。

燃える家屋の炎の明かりが摩耶姫と神山道郎を赤く照らし上げた。

土山は冷ややかな声で命じた。

「かかれ」

「待て。義によって姫に助太刀いたす」

文史郎は抜刀して、茶渋色の男たちの間を擦り抜け、摩耶姫に駆け寄って背に庇った。

摩耶姫は驚いて、文史郎を見た。

「あ、あの折の相談人様」

「姫、命を大事にな。いまごろ、大門たちがお父上を地下牢から助け出しているはずだ」

「ありがとうございます」

摩耶姫は感謝の声を震わせた。

土山が形相を変えた。

「おぬし、な、何者だ？」

「拙者、剣客相談人大館文史郎。またの名を若月丹波守清胤と申す」

よろめきながら左衛門が刀を杖にして文史郎の傍らに駆け付けた。

「せ、拙者、殿の傅役、篠塚左衛門。摩耶姫様、拙者もお助け申す」

「どいつも、こいつも、けしからん。ご法度《はっと》の切支丹どもを助けるとは、言語道断。みな、こやつらを斬れ」

土山は刀を抜き放った。

不意に空気を切り裂いて何本もの矢が土山を襲った。

土山は何本もの矢に射抜かれ、どうっと倒れた。

茶渋色の集団に動揺が走った。

喚声を上げて、白鉢巻きに白襷をかけた侍の一団が四方八方から刀を振り上げて、押し寄せて来た。

「拙者、目付の与力角間弦内。静まれ静まれ。手向かう者は斬り捨ててよし」

先頭を切って駆けて来たのは角間弦内だった。

茶渋色の集団は雪崩《なだれ》を打って逃げ出した。

文史郎は摩耶姫を背に庇い、茶渋色の一団を追って駆け抜けていく侍たちを呆気に取られて見送った。

駆け付けた角間弦内が文史郎にいった。

「殿、こんなところにぐずぐずせず、引き揚げてくだされ」

角間はちらりと白頭巾を脱いだ摩耶姫と神山道郎に目をやった。

「白頭巾と間違われて捕まりますぞ。早く逃げてくだされ。掘割に舟を用意してござる」

「角間、かたじけない」

「早く」

「では、姫さまたちも、急ぎましょう」

文史郎は左衛門を小脇に抱え、摩耶姫と神山道郎に逃げるよう促した。

文史郎たちは刀を納めた。一斉に掘割に向かって走り出した。

茶渋色の侍たちと目付配下の侍たちが、まだ夜の闇の中、激しく斬り合う音が響いていた。

六

本所で大立ち回りがあり、あわせて火事によって何軒もの仕舞屋が類焼したという出来事は、一時、瓦版に派手に書かれたが、事の真相は明らかにならぬうちに、ほどなく江戸の庶民たちからは忘れ去られた。

火事と喧嘩は江戸の華だが、気が短い江戸っ子はいつまでも覚えていることはない。忘れることでも早いのが江戸っ子の取得だった。

それに事件が侍同士の斬り合いで、町民には関係がなく、侍に死人や怪我人が出ても、ざまあみろという気分もあったからだろう。

しかし、幕府の中では、そう簡単に済まされる問題ではなかった。

文史郎も目付の梶原龍之介から何度も呼び出され、事情を聞かれたし、兄者の大目付松平義睦からも呼び出しがかかり、こっぴどく大目玉を食らった。

事は奥州天領の金山をめぐっての紀伊、水戸、尾張の争いで、かつ将軍家跡目相続争いも絡んでいるとあって、誰も深く追及することはなかった。追及すれば、どこかの派を怒らせることになり、藪蛇《やぶへび》になりかねない。

最大の問題は、隠れ切支丹の里があったこと、それを抹殺したことから、事が大きくなったという事実を、幕府は天下に知られたくない事情があった。

それは切支丹国の諸外国との付き合いが始まろうとしているときに、切支丹弾圧事件があったなどと喧伝《けんでん》され、諸外国を刺激したくなかった事情もある。

文史郎も左衛門も、白頭巾の行方をいくら問われても、知らぬ存ぜぬを貫いた。

話せぬわけは、助け出した神父の支倉貞常、白頭巾だった摩耶姫、傳役神山道郎とお付きの御女中お牧の四人を、深川の辰巳芸者米助の家に匿ってもらっていたせいでもあった。

まさか切支丹たちが、岡場所の深川のど真ん中に隠れているとは、寺社奉行方の宗門改めたちは努《ゆめ》にも思わなかっただろう。

ほぼ一月《ひとつき》ほど経ち、文史郎は再び兄者の大目付松平義睦から呼び出しを受けた。

今度は何を叱られるか、と文史郎は戦戦兢兢《きょうきょう》、松平義睦邸を訪れた。

書院に現れた松平義睦は、意外にも、いつになく上機嫌だった。

「文史郎、よくぞやった。でかしたぞ」

開口一番、松平義睦は大声でいった。ついで呆気に取られている文史郎に異国のギヤマンのグラスを差し出し、やはり渡来の赤い葡萄酒をなみなみとグラスに注いで、飲めといった。

「いったい、どういうことでござるか？」

「筆頭老中飯田信左衛門から、昨日、おぬしたちの活躍について、お話があった。おぬしたちのおかげで、尾張が降りたのだ」

「降りた？　何をですか？」

「将軍家の跡目争いからだよ。否が応にも、白熱しておった争いから、尾張が降りてくれたことは大きい。余計な心配をしないで済むからな」

「いったい飯田信左衛門様は、何を兄上にお話しになられたのですか？」

「おぬしが、尾張に操られていた切支丹一族を、始末したそうではないか。白頭巾とやらの一連の辻斬り事件、老中安藤華衛門暗殺、ついで、元勘定奉行大伴大膳、さらに金山開発の仕掛人の堀部正篤の暗殺。すべては切支丹の隠れ里を潰された恨みによる犯行だったのだろう？」

「はい、まあ」

「目付の梶原龍之介から上がった報告では、その切支丹一味の犯行であることを、おぬしが見抜き、しかも、彼らを背後から操っていたのが尾張の家老香西宗嘉や中老斎藤佑介だったこと、さらに、その配下で白頭巾を直接指示していた御庭番頭の土山勇について、おぬしたちが調べ上げ、目付に報告を上げたそうだな」

「はあ……」

目付方与力の角間弦内だ、と文史郎は思った。角間は文史郎たちから聞く話だけでなく、自分たちで調べた話も混ぜて、目付の梶原龍之介に報告していたに違いない。きっと角間も、皆殺しにされた支倉一族郎党や里の女子供の話を知り、摩耶姫たちに同情したのに違いない。

「目付の報告を聞いた飯田信左衛門様は、尾張の家老香西宗嘉を呼び付け、激しく詰問したらしい。その上で、家老香西や中老斎藤佑介が尾張下屋敷で行なった不始末について、尾張徳川家当主に報告した。その結果、当主はかんかんに怒り、香西宗嘉は家老職を解かれ、閉門蟄居の処分に、中老斎藤佑介も同様の処分になった。そして、当主は将軍の跡目争いから身を引くと言い出したのだ」

「では、隠し金山については？」

「金山は閉山されているのだろう？」

「は、はい」

いや違う、と文史郎はいいたかったが、それ以上は反論しなかった。

おそらく、隠し金山の金の利権については、大伴大膳、堀部正篤亡きあと、彼らの上司である筆頭老中の飯田信左衛門が一手に握ることになったのに違いない。

「ともあれ、おまえには、約束通り、目付から金八百両の報奨金が出るらしいぞ。この財政が厳しい折から、破格の賞金だぞ。ありがたく受け取っておけ。それがしからも飯田信左衛門様に篤く御礼申し上げておいたぞ」

「は、はい。ありがとうございます」

きっと口止め料だ、と文史郎は思った。

余計なことはいわぬこと、見ざること、聞かざること、ということか。

文史郎は複雑な思いで、ギヤマンの酒をあおった。

甘くもあり、酸っぱくもある酒だった。

七

数日後の夕方、突然、小島啓伍が文史郎の長屋にやって来た。

「殿、お話が」

「どうだい、うまく話はつけてくれたかい？」

「はい。廻船問屋の南海屋が、四人を八百両を出してくれれば、という条件で引き受けてくれました」

「八百両か」文史郎は頭を振った。

報奨金八百両は、四人を異国へ逃がすために貰ったようなものだな、と文史郎は思った。

「八百両はむずかしいですか？」

「いや、大丈夫だ。すぐに用意できる。ところで、どういう具合になるのだ？」

「南海屋の廻船で琉球《りゆうきゆう》へ渡ります。琉球では薩摩藩公認の異国船との取引があるそうです。そこで四人は南蛮船に乗り移り、切支丹の異国へと旅立つという次第でして」

「出立はいつだ？」

「五日後ということです」

「急だな」

「琉球へ行く廻船がなかなかないので」

「大門は知っておるのか？」

「いえ、まだ」

「では、それがしから伝えよう」

　文史郎はうなずいた。

「よろしく、お願いします」

　左衛門がちょうど戻って来た。

「おう、定廻りじゃないか」

　小島は頭を下げた。

「殿、では、これで。役所に戻らねばならないんで」

　小島が細小路に姿を消すと、左衛門は小声でいった。

「殿、聞きましたか？」

「何をだ？」

「いま道場で聞き付けたばかりなのですが、弥生殿に果たし状が届いたそうなんです」

「なに、果たし状だと？　誰からだ？」

「あの摩耶姫からです」

「なんだって、なぜ、摩耶姫が弥生に果たし状を出すことになったのだ？」

「道場での立ち合いの決着をつけたいということらしいのです」

「いつ？」

「明日、仲秋の名月の下。時刻は五ツ半（夜九時）」

「遅いな」

「でも、満月ですから、明るいはず」

「場所は？」

「三囲《みめぐり》神社の隅田堤《すみだづつみ》」

「弥生は引き受けたのか？」

「引き受けたらしいです。それから、弥生殿は師範代相手に激しい稽古をくりかえしていますそうで」

「あの摩耶姫も弥生も、いったい何を考えておるのか」

文史郎は嘆いた。左衛門は頭を振った。

「二人とも、女剣客ですから、雌雄を決したいのでしょう。あ、どちらも雌か」

「まさか得物は、真剣ではないだろうな」

「それは会場で決めようとのことらしいです」

「あの二人のことだ。興奮すると血を見ないでは済まぬだろう」

「確かに、女子は血に強いですからな」

左衛門は溜め息をついた。

文史郎は、もしかして、と思った。

支倉貞常と摩耶姫たち四人は、四日後には、異国へ旅立つことになっている。

摩耶姫は、最後に心残りの弥生との立ち合いの決着をつけようというのではあるまいか。弥生も、きっと餞別《せんべつ》代わりに、立ち合いを受けて立つことにしたのに違いない。

大門の足音が細小路に響いた。

「殿、殿、たいへんだ」

長屋に飛び込んで来た大門は、左衛門と危うく鉢合わせになりそうだった。

「おう。大門、さっそく参ったな」

「聞きましたか。摩耶姫と弥生殿の果たし合いのこと」

「爺から、いま聞いたところだ」

「どうしますかね」

「どうするも、こうするもないだろう」

「止めないと、どちらかが死ぬかもしれないですぞ」

「しかし、あの二人のことだ。いったんやると言い出したら止めようにも聞く耳を持たないだろうのう」

左衛門が付け加えた。

「あの二人は女子《おなご》でも、とりわけ頑固娘ですからな」

「それが可愛いところではありますが」

文史郎は左衛門、大門と、顔を見合わせ、何度目かの溜め息をついた。

八

天空には真ん丸な満月が掛かっていた。

仲秋の名月は、まるで隅田堤を真昼のように明るく照らし上げていた。

三囲神社の鳥居が黒い影を堤の上に投げている。

弥生は鳥居の下に置いた床几《しょうぎ》に刀を携えて座っている。額に白鉢巻きをきりりと締め、青い小袖に白い襷を掛け、裁着袴《たつつけばかま》姿だった。

堤の上に植えられた桜並木が、月光を浴びて、黒々と枝を延ばしていた。

その堤に、大瀧道場の門弟たちがずらりと座り込み、あれこれ、雑談をしながら、これから始まる果たし合いを待っていた。

隅田川にはほとんど行き交う舟の影はない。

川は滔々と流れていた。

どこかで五ツ半を知らせる寺鐘が鳴った。

「遅い」

弥生は苛立った声を立てた。

「落ち着け。焦った方が負けだぞ」

文史郎はやさしく諭した。

「はい」

「来ましたぞ」

堤に立った門弟の藤原鉄之介が大声を上げた。

川を二隻の猪牙舟が遡《さかのぼ》って来る。

先頭の猪牙舟に、白装束の女武芸者の姿があった。遠目にも、摩耶姫と分かる。

迎えに行った大門の黒々とした髯も見えた。

猪牙舟は、船着き場に横付けになり、白装束の摩耶姫が岸辺に飛び移った。

続いて大門が飛び移った。船頭の玉吉も下りて舟の纜《ともづな》を杭に結んだ。

後ろの舟から、白髪混じりの神山道郎と御女中のお牧が上陸した。

大門が駆け足でやってきた。

「申し訳ない。それがしのせいで遅くなりました。弥生殿、申し訳ない」

摩耶姫も頭を下げた。

「故意に遅れたのではないが、失礼いたしました。お詫びする」

「……言い訳無用です」

弥生は憤然として、立ち上がった。

文史郎は摩耶姫に目をやった。

月光の下の摩耶姫は、深夜に妖しく花を咲かせる月下美人を思わせる。匂い立つような若侍の姿は息を飲むほどに美しい。

摩耶姫は、弥生とは対照的に、赤い鉢巻きをきりっと締め、白い小袖に赤い襷をかけていた。

弥生も摩耶姫も、髪をひっつめにして後ろに回し、後ろで束ねて根元をしっかりと布で結んでいる。摩耶姫は赤い布、弥生は白い布だ。二人とも申し合わせたように、背中に長い黒髪を垂らしていた。

摩耶姫は落ち着き払っていた。頬に微笑すら浮かべている。

弥生は口をへの字に結び、挑むような目で摩耶姫を睨んでいる。

まずい。明らかに弥生は頭に血が上っている。平常心を欠いている。

いったい何を怒っているのか。このまま立ち合えば、弥生は打ち合う前に負けている。

いかん。

文史郎は弥生の前に立ち、摩耶姫への視線を遮った。

「何を怒っておる。大門にか？」

「……いえ」

弥生は頭を左右に振った。

おそらく弥生は、これまで自分のことを慕っていた大門が摩耶姫に鞍替えした様子を見て、ひどく自尊心が傷ついているのだ。

文史郎は優しく弥生の両腕を取った。

弥生ははっとして文史郎を見た。文史郎は弥生の目をしっかりと見返した。

「落ち着け。落ち着くんだ。おぬしには、おれがついておる。おれの心は、いつもおまえとともにいる。忘れるな」

「…………」弥生は頬を緩めた。

「さあ、深呼吸だ。ゆっくりと息を吐け。そして深く息を吸え。そう、それでいい」

弥生は深く息を吸い、ゆっくりと息を吐いた。それを何度もくりかえした。

文史郎は弥生の心が静まるのを感じた。

弥生の両腕を取った手を、そっと放した。

「よし。それでいい。思い残すことなく打ち合って来い。いくら相手が強くても、おまえは勝てる。もし、万が一負けても、おまえの骨は、おれが拾ってやる。安心して闘って来い。行け」

「はい」

弥生は、にっこりと笑った。怒りの気が消えていた。

文史郎は摩耶姫の陣営を振り向いた。

大門と老侍の神山が摩耶姫に何ごとかを話している。摩耶姫はいちいちうなずいていた。

文史郎は弥生と摩耶姫の双方に向いていった。

「さて、判じ役は誰にいたす？　双方が納得する者を選んでほしい」

摩耶姫と弥生は顔を見合わせた。

摩耶姫が静かな口調でいった。

「私は、お殿様に判じ役をお願いしたいと思いますが、弥生殿はいかがですか？」

「私も、文史郎様に、お願いしたいと思います」

文史郎は、弥生が自分のことを、殿とは呼ばず、文史郎様と呼んだことに、少しばかり面映ゆい思いがして苦笑した。

「それがしが判じ役をやることに、誰か異存はあるか？」

文史郎は大門、神山、左衛門、師範代武田広之進の顔を見回した。四人とも異存はないという顔でうなずいた。

「では、それがしが判じ役をあい務める。公平を期すため、師範代武田広之進と神山道郎殿に副審をお願いしたい。それがしの審判を補佐してほしい。双方とも異存はないな」

文史郎は弥生と摩耶姫に了解を求めた。

「はい。異存ありません」

「同じく」

二人は返答した。

神山道郎と武田広之進が前に出て、弥生と摩耶姫に挨拶した。

文史郎は摩耶姫と弥生に問うた。

「得物は何になさるか？」

「真剣にて」

「真剣で」

摩耶姫と弥生は、ほとんど同時に躊躇なく答えた。

門弟たちがざわめいた。

「なぜ、真剣で立ち合う？　真剣で斬り合えば、どちらかが死ぬぞ。死なぬまでも、一生残る大怪我をする」

「負けて死ぬときは、真剣で斬られて死にとうございます」

弥生が大声でいった。摩耶姫も応じた。

「私も同じく」

そうか。摩耶姫は弥生の手にかかって死にたいと思っているのか。

弥生は、それを悟り、苛立っていたのかもしれない。

文史郎は満月を見上げ、吐息をついた。

活人剣と殺人剣が決着をつけようとしている。

だからはじめから二人とも、死をかけての真剣勝負を望んでいるのだ。

文史郎も覚悟した。

「よろしい。ただし、二人とも負けても勝っても、遺恨なし。いいな」

「承知。勝負に遺恨なし」弥生が大声でいう。

「こちらも、遺恨なし」

摩耶姫は神山とお牧に目を向けた。二人とも、大きくうなずいた。

「では、双方とも、お互いに、礼！」

摩耶姫と弥生は、さっと草履を脱ぎ、白足袋になった。

二人は大刀を脇に携えて向かい合った。

互いに相手を睨みながら、頭を下げて挨拶する。

堤の上には短い丈の草が一面に生えている。

二人は草地の上で、互いに蹲踞の姿勢を取った。互いに、ゆっくりと刀を抜いた。

二人の刃が満月の光を浴びて鈍く光った。

刃先を触れ合うほどに向き合わせ、ゆっくりと立ち上がる。

「はじめ！」

文史郎は二人から間を取って離れた。

二人とも互いに刃先を当て合った。かすかな金属音が鳴った。

それを合図に二人はさっと双方に離れ、間合いを取った。

間合い三間。

弥生は左八相の構え。摩耶姫は青眼。

弥生は口をしっかりと結び、摩耶姫は頰に笑みを浮かべていた。

じりじりと双方から間合いを詰めていく。

左衛門と大門が、左右の斜め後方に立って、二人の動きを睨んでいる。

睨み合いが始まった。

摩耶姫と弥生の双方から、凄まじい剣気が迸り出ている。

文史郎は二人の剣気を受け、背筋に戦慄が走るのを覚えた。

二人とも本気で相手を斬るつもりでいる。剣気が徐々に膨らみ、殺気に変わっていく。

摩耶姫の頬から笑みが消えた。刀を中段に構え直した。刀を水平にし、刃筋を弥生に向けたまま、左から右へ移していく。

十文字剣法、横一文字だ。

対する弥生は刀を八相から左下段に下げ、徐々に刀を後方に引いた。

刀の刃筋を相手に向けたまま、左下段後方に構え、刃先を地面すれすれに這わせるように動かして行く。

秘太刀霞隠し。

文史郎は前回の立ち合いを思い出した。

あのときと、同じような展開になりつつある。

秘太刀霞隠しが勝つか、それとも魔剣十文字剣が勝つか。

文史郎は半眼で双方の動きを見つめた。

摩耶姫は横一文字を描き終わった。くるりと刃筋を返して、上段に振り上げた。

今度は刃先をゆっくりと弥生の正面を真一文字に斬るように振り下ろして行く。

十文字剣法、縦一文字。

摩耶姫の刀が、最後まで振り下ろされるまでに、相手は知らず知らずのうちに吸い込まれるように摩耶姫に打突してしまう。

その一瞬で勝負が決まる。

文史郎は息を詰め、弥生の軀を見守った。

弥生の軀は微動たりもしない。

摩耶姫の刃先が縦一文字の最後の下まで下りた。

弥生の軀は石のように動かない。

摩耶姫の刃先が一番下に来て、ぴたりと止まった。くるりと刃筋が替わり、刃が弥生に向けられた。

弥生の軀が摩耶姫に向かって、滑るようにに動き出した。

文史郎は息を飲んだ。

くるりと刃筋が弥生を向いた刀が、突進する弥生を下から斬り上げようとしている。

前回と同じだ。

前回は、このあと、弥生の刀がくるりと回転し、横殴りに摩耶姫の胴を襲う。そこへ大門が捨身《すてみ》で飛び込んで、二人の立ち合いに割って入った。

前と違うぞ、と文史郎は思った。

地面を滑るように走っていた弥生の刀の刃先が、瞬時に中段に上がった。

次の瞬間、弥生の刃先は、真直ぐに伸びて摩耶姫の軀に突き入れられた。

ほとんど同時に摩耶姫の刀が刎《は》ね上げられ、弥生の軀を斬り上げた。

弥生の袴が斬り裂かれ、どっと血潮が吹き出した。

弥生の軀は、その場に転がって倒れた。

弥生の刀は摩耶姫の胸に突き入れられたまま宙ぶらりんになっていた。

その刀がかたんと音を立てて、地べたに落ちた。

摩耶姫も刎ね上げた刀を支え持つことができず、胸の脇に手を当てたまま、刀を取り落とした。

摩耶姫は右胸の脇に左手を当て、その場に膝をついた。黒い血が脇腹に拡がっていく。

文史郎は倒れたままの弥生に勝ちとする判定を下した。

「弥生の勝ち！」

「弥生殿！」

「弥生先生！」

門弟たちが悲鳴を上げ、駆け寄ろうとした。

「待て待て、まだ試合は終わっておらぬ」

師範代の武田広之進や左衛門が門弟たちを手で制した。

「姫、大丈夫ですか」

大門が真っ先に駆け寄り、摩耶姫を支えた。

「大丈夫」

摩耶姫は座り込んだ。

「姫」

「姫様」

神山とお牧が駆け寄り、摩耶姫を抱えた。

文史郎は倒れた弥生に走り寄り、抱え起こした。

「弥生、おぬしの勝ちだ」

「……文史郎様」

月光を浴びて弥生の顔は、さらに青白くなっていた。

「殿、判定が間違っておりましょうぞ」

大門が文史郎に詰め寄った。

「間違っておらぬぞ、大門」

文史郎は弥生を草地に横たわらせた。屈み込み、袴の斬り裂かれた部分を開いた。

月明かりに照らされた白い肌に、黒い血が溢れるように流れ出ていた。

長い斬り傷を見て、文史郎はすぐさま、手拭いを当てた。手拭いがすぐに血で濡れて行く。文史郎は、素早く弥生の白襷を解き、袴の裂目から手を差し込み、大腿部の付け根を探った。

「………」

弥生は、文史郎の手が太股の付け根に伸びたのに気付き、はっとして両脚を閉じた。

文史郎の手は両足に挟まれ、動かせなくなった。

「大丈夫だ。何もせぬ。止血するだけだ。力を抜け」

「……………」

弥生はそっと脚の力を抜いた。文史郎は太股の付け根に襷を通し、襷の帯で太股をきつく締め上げて結んだ。

武田広之進や左衛門が弥生を覗き込んだ。

「大丈夫ですか？」

「大丈夫だ。深手ではない。弥生、すぐに幸庵のところへ連れて行く。我慢しろ、いいな」

「はい」

弥生は健気《けなげ》にうなずいた。

文史郎は左衛門と武田広之進に弥生の面倒を見させ、大門たちに囲まれた摩耶姫の傍に寄った。

「傷の具合はどうだ？」

「大丈夫です。私よりも弥生殿は？」

「大丈夫だ。心配するな」

摩耶姫は右脇腹と右内腕部に手拭いを何枚も当てて止血していた。

大門が摩耶姫に代わっていった。

「どうやら、弥生殿の突きは刃先が運良く胸元を外れ、右腋下の腕と胸の間に突き入れられたようです。だから、血は噴き出ているものの、傷は深くない」

「そうか。だが、大門、運良く外れたのではないぞ。弥生はわざと外したのだ」

「なんですと？」

「摩耶姫の胸元に突き入れるところを、咄嗟に外し、刃先を脇の下に突き入れた。それで体勢を崩し、摩耶姫の下からの切り上げを避けることができなかった」

「……そうなのです。殿のおっしゃる通り、私の負けです」

摩耶姫が文史郎を見上げた。文史郎はうなずいた。

「弥生は、姫を殺すつもりだったら、胸元に真直ぐ突き入れていたろう。そうしていたら、姫は下から刀を斬り上げることができなかった」

覗き込んでいた神山が呟くようにいった。

「その通りです。ほんのわずかな差ですが、弥生殿の打突が早かった。姫の負けです」

「私の十文字剣法は弥生殿には通じませんでした。敗《やぶ》れました。弥生殿のあの剣はなんだったのですか？」

「秘太刀霞隠し」

「そうですか。どおりで剣の動きに霞がかかったようで、よく見えませんでした。見えたときには、刃先が私に突き入れられていた。恐ろしい剣でした」

摩耶姫は微笑んだ。

「でも、なぜ、弥生殿はわざと外したのでしょう？　私は弥生殿の手にかかって死にたかったというのに。私はあまりに多くの人を殺めてしまいました。死んでお詫びをしたかった」

神山が諭すようにいった。

「姫、すべては、主の御心のままにですぞ。自ら死を求めてはいけません。すべて、神から与えられた試練なのですから」

玉吉の呼ぶ声が聞こえた。

「殿、弥生様は舟に乗せました。摩耶姫もお連れください。すぐに舟を出しますぞ」

「大門、姫をお連れするんだ。幸庵に手当てをしてもらう」

「おう、そうでした。姫、医者のところへお連れしますぞ。しばし、ご辛抱を」

大門は摩耶姫を抱き上げ、隅田川の船着き場へ急いだ。神山とお牧がついていく。

文史郎も左衛門や武田広之進とともに、船着き場へ向かって大股で歩き出した。

九

その日、早朝からからりと空は晴れ渡っていた。

菱垣廻船『南海丸』は、碇《いかり》を引き揚げ、江戸湊《みなと》を出航しようとしていた。

北からの風を孕《はら》んで満帆になった千石船は、ゆっくりと湊を出て行く。

船尾の船縁には、支倉貞常摩耶姫親子、傳役の神山道郎、お牧の四人が並び、いつまでも手を振っていた。

伝馬船に乗った文史郎は、傍らの弥生に目をやった。

弥生は太股に二十針も縫うほどの傷を負っていたが、幸庵の治療の甲斐あって、いまではゆっくりとだが歩けるまでに恢復していた。

摩耶姫は、右腕の内腕部と右脇の下に、刀で抉《えぐ》られた傷ができていたが、どちらも浅く、数針塗った程度で済んだ。恢復も早く、出立の日までには、包帯を外してもいいほど恢復している。

「さようなら」

大門は両手を口にあて、喇叭のようにし、何度も叫んでいた。

大門は摩耶姫との別れに、ぽろぽろと滂沱《ぼうだ》の涙を流した。

だんだんと遠ざかる船に、いつまでも、手を振っていた。

遠ざかる船を見ながら、文史郎は弥生に訊いた。

「真剣の立ち合いだったのに、最後の最後、どうして、摩耶姫の胸元に突き入れなかったのだい？」

「文史郎様は、私を人殺しにしたかったのですか？」

弥生は怒ったようにいった。文史郎は頭を振った。

「そうではないが、よく咄嗟に、刃先を外す余裕があったな、と思うてな。それがしにはできぬ技だ」

「……正直、私も不思議だったのです。突き入れようとしたとき、大勢の人たちの姿が摩耶姫に重なって見えたのです」

「大勢の人たち？」

「それも、悲しみに泣き叫ぶ女子供たちや男たちで、私に殺さないで、と手を合わせているように見え、思わず突き入れる先を変えてしまった」

左衛門が呟くようにいった。

「不思議な話ですな。きっと、それは摩耶姫の支倉一族の魂ではないですかな。姫を生き延びさせたい、と願う一族の思いが、弥生殿にも感じさせたのでは」

順風満帆の『南海丸』の船体は次第に小さくなっていく。

ようやく手を振るのを止めた大門が、振り向いた。目が真っ赤だった。

「寂しいなあ。寂しいよう」

大門は腕で目を拭った。

文史郎は大門を慰めるようにいった。

「大門、摩耶姫に、いっしょに異国へ行こうと誘われておったではないか。いっしょに行けばよかったろうに」

定廻り同心の小島啓伍もいった。

「そうですよ。大門さんも異国へ渡り、摩耶姫といっしょになればよかったのでは？」

左衛門も笑いながらいった。

「そうすれば、わしも大門殿のために、飯を炊いたりしなくても済んだのにな。行けばよかった」

大門は向き直った。

「そうはいわれてもな、やはり、拙者には、摩耶姫は不釣り合いだと思う。それに切支丹になれ、といわれてもな。拙者は生れながら、仏教徒だったのでな。いまさら仏門から切支丹に信仰を変えることはできそうになかった。それから、わしが異国へ去ってだ、弥生殿や殿、爺さんや小島を悲しませるのもなあ、と思うてな。やはり、行けなかったというわけよ」

大門は照れたように頭を掻いた。左衛門がいった。

「大門殿が異国へ行って、いなくなっても、わしらは、ちっとも寂しくないと思うがのう。ねえ、殿」

「うむ。そうだな。しかし、大門がいると、楽しいから、いてくれた方がそれがしはいいがな。な、弥生」

「はい、私も、大門さんがいなくなったら、寂しいと思う」

弥生は大門に優しい目を向けた。

「いやあ、そうそう。爺さん、正直にならねば。そうでしょう。殿、それに弥生殿、だから、それがしは、日本に残ったんです。そうなんです」

大門は満足気にうなずいた。

「なんだか、腹が減ったですな、殿。どうです、帰りに蕎麦屋でも寄って、一杯というのは」

大門は大口を開いて笑った。

文史郎は弥生や左衛門と顔を見合わせた。

玉吉が懐ろから浮世絵を取り出した。

「大門様、これ、松風さんが描いた摩耶姫の似顔絵。寂しくなったら、見ればいい」

「おう、玉吉、ありがとう」

大門は摩耶姫の絵を胸に抱き締めた。

大門は帆しか見えなくなった船に、いま一度「さよなら、姫」と叫んだ。それから、さっぱりした顔になり、伝馬船の船頭に近くの船着き場に付けてくれ、と告げた。

空に箒で掃いたような筋のついた雲が拡がっていた。

文史郎は秋の気配が漂う空を見上げながら、大きく深呼吸をした。

天高く無数の赤とんぼが舞っているのが見えた。

必殺《ひっさつ》、十文字剣《じゅうもんじけん》 剣客相談人《けんかくそうだんにん》9

著者 森《もり》 詠《えい》

発行所 株式会社 二見書房
東京都千代田区三崎町二-一八-一一
電話 〇三-三五一五-二三一一［営業］
〇三-三五一五-二三一三［編集］
振替 〇〇一七〇-四-二六三九

印刷 株式会社 堀内印刷所
製本 ナショナル製本協同組合

時代小説
二見時代小説文庫

ISBN978－4－576－13142－9
http://www.futami.co.jp/

剣客相談人 長屋の殿様 文史郎
森 詠［著］

若月丹波守清胤、三十二歳。故あって文史郎と名を変え、八丁堀の長屋で貧乏生活。生来の気品と剣の腕で、よろず揉め事相談人に！ 心暖まる新シリーズ！

狐憑きの女 剣客相談人2
森 詠［著］

一万八千石の殿が爺と出奔して長屋暮らし。人助けの万相談で日々の糧を得ていたが、最近は仕事がない。米びつが空になるころ、奇妙な相談が舞い込んだ……

赤い風花《かざはな》 剣客相談人3
森 詠［著］

風花の舞う太鼓橋の上で旅姿の武家娘が斬られた。瀕死の娘を助けたことから「殿」こと大館文史郎は巨大な謎に立ち向かう！ 大人気シリーズ第3弾！

乱れ髪 残心剣 剣客相談人4
森 詠［著］

「殿」は、大川端で心中に見せかけた侍と娘の斬殺死体を釣りあげてしまった。黒装束の一団に襲われ、御三家にまつわる奥深い事件に巻き込まれていくことに……！

剣鬼往来 剣客相談人5
森 詠［著］

殿と爺が住む八丁堀の裏長屋に男装の女剣士が来訪！ 大瀧道場の一人娘・弥生が、病身の父に他流試合を挑む凄腕の剣鬼の出現に苦悩、相談人らに助力を求めた！

夜の武士《もののふ》 剣客相談人6
森 詠［著］

殿と爺が住む裏長屋に若侍を捜してほしいと粋な辰巳芸者が訪れた。書類を預けた若侍が行方不明なり、相談人らに捜してほしいと…。殿と爺と大門の剣が舞う！

笑う傀儡《くぐつ》　剣客相談人7

森詠［著］

両国の人形芝居小屋で観客の侍が幼女のからくり人形に殺される現場を目撃した「殿」。同じ頃、多くの若い娘の誘拐事件が続発、剣客相談人の出動となって……

七人の刺客　剣客相談人8

森詠［著］

兄の大目付に呼ばれた殿と爺と大門は驚愕の密命を受けた。江戸に入った刺客を討て！　一方、某大藩の侍が訪れ、行方知れずの新式鉄砲を捜し出してほしいという。

進之介密命剣　忘れ草秘剣帖1

森詠［著］

開港前夜の横浜村近くの浜に、瀕死の若侍を乗せた小舟が打ち上げられた。回船問屋の娘らの介抱で傷は癒えたが記憶の戻らぬ若侍に迫りくる謎の刺客たち！

流れ星　忘れ草秘剣帖2

森詠［著］

父は薩摩藩の江戸留守居役、母は弟妹と共に殺されていた。いったい何が起こったのか？　記憶を失った若侍に明かされる、驚愕の過去！　大河時代小説、第2弾！

孤剣、舞う　忘れ草秘剣帖3

森詠［著］

千葉道場で旧友坂本竜馬らと再会した進之介の心に、疾風怒涛の魂が荒れ狂う。自分にしかできぬことがあるやらずにいたら悔いを残す！　好評シリーズ第3弾！

影狩り　忘れ草秘剣帖4

森詠［著］

江戸城大手門はじめ開明派雄藩の江戸藩邸に脅迫状が張られ、筆頭老中の寝所に刺客が……。天誅を策す「影法師」に密命を帯びた進之介の北辰一刀流の剣が唸る！

栄次郎江戸暦　浮世唄三味線侍

小杉健治［著］

吉川英治賞作家の書き下ろし連作長編小説。田宮流抜刀術の達人矢内栄次郎は部屋住の身ながら三味線の名手。栄次郎が巻き込まれる四つの謎と四つの事件。

間合い　栄次郎江戸暦2

小杉健治［著］

敵との間合い、家族、自身の欲との間合い。一つの印籠から始まる藩主交代に絡む陰謀。栄次郎を襲う凶刃の嵐。権力と野望の葛藤を描く傑作長編小説。

見切り　栄次郎江戸暦3

小杉健治［著］

剣を抜く前に相手を見切る。過てば死…。何者かに襲われた栄次郎！　彼らは何者なのか？　なぜ、自分を狙うのか？　武士の野望と権力のあり方を鋭く描く会心作！

残心　栄次郎江戸暦4

小杉健治［著］

吉川英治賞作家が〝愛欲〟という大胆テーマに挑んだ！　美しい新内流しの唄が連続殺人を呼ぶ……抜刀術の達人で三味線の名手栄次郎が落ちた性の無間地獄

なみだ旅　栄次郎江戸暦5

小杉健治［著］

愛する女を、なぜ斬ってしまったのか？　三味線の名手で田宮流抜刀術の達人矢内栄次郎の心の遍歴……吉川英治賞作家が武士の挫折と再生への旅を描く！

春情の剣　栄次郎江戸暦6

小杉健治［著］

柳森神社で発見された足袋問屋内儀と手代の心中死体。事件の背後で悪が哄笑する。作者自身が〝一番好きな主人公〟と語る吉川英治賞作家の自信作！

神田川斬殺始末 栄次郎江戸暦7

小杉健治［著］

三味線の名手にして田宮流抜刀術の達人矢内栄次郎が連続辻斬り犯を追う。それが御徒目付の兄栄之進を窮地に立たせることに……兄弟愛が事件の真相解明を阻むのか！

明《あけ》烏《がらす》の女 栄次郎江戸暦8

小杉健治［著］

栄次郎は深川の遊女から妹分の行方を調べてほしいと頼まれる。やがて次々失踪事件が浮上し、しかも自分の名で女達が誘き出されたことを知る。何者が仕組んだ罠なのか？

火《か》盗《とう》改《あらた》めの辻 栄次郎江戸暦9

小杉健治［著］

栄次郎は師匠の杵屋吉右衛門に頼まれ、兄弟子東次郎宅を訪ねるが、まったく相手にされず疑惑と焦燥に苛まれる。東次郎は父東蔵を囲繞する巨悪に苦闘していた……

大《おお》川《かわ》端《ばた》密会宿 栄次郎江戸暦10

小杉健治［著］

〝恨みは必ず晴らす〟という投げ文が、南町奉行所筆頭与力の崎田孫兵衛に送りつけられた矢先、事件は起きた。しかもそれは栄次郎の眼前で起きたのだ！

秘剣 音無し 栄次郎江戸暦11

小杉健治［著］

栄次郎が、湯島天神で無頼漢に絡まれていた二人の美女を救った事から事件は始まった…！ 全ての気配を断ち相手を斬る秘剣〝音無し〟との対決に栄次郎の運命は……

公《く》事《じ》宿《やど》 裏始末 火《か》車《しゃ》廻る

氷月 葵［著］

理不尽に父母の命を断たれ、名を変え江戸に逃れた若き剣士は、庶民の訴証を扱う公事宿で絶望の淵から浮かび上がる。人として生きるために……。新シリーズ！